君がいたから、壊れた世界が輝いた

小桜菜々

装丁／齋藤知恵子
イラスト／急行2号

〝普通〟からはみ出してしまった僕らの青春は

どうしようもなく

痛くて　苦しくて　怖くて

だけど少しだけ　優しいものだった

1

逃避と再会

ある日、私は幽霊になった。

朝の教室。いつもとなんら変わりない風景。ただひとつだけいつもと違ったのは、おはよう、と言った私に返ってきたのが静寂だったということだけ。

聞こえていなかったのだろうか。そうだよね、特別大きな声を出したわけでもないし、この騒がしい教室で私の声が掻き消されてしまうのは仕方がない。

なんて思えるはずがなかった。私は悟ってしまったのだ。ほんの三日前まで笑い合っていたはずの——かろうじて、だったけれど——彼女たちに完全に嫌われたのだと。

静寂に続くのは彼女たちの冷ややかな視線。心臓がきゅっと萎み、一瞬、呼吸が止まる。佇むことしかできない私を見て、彼女たちの口元が卑しく歪んだのを私は見逃さなかった。

そんなの見たくなかった。気づきたくなかった。いっそのこと見逃してしまいたかった。

一種の現実逃避だったのかもしれない。私は上げた口角を下げることなく、視線を床に落とすこともなく、教室の中心にある自席へ向かった。

休み時間になれば自然とみんなに囲まれるこの席が好きだった。けれど今は、まるでハイエナの群れに迷い込んでしまった小動物のように、恐怖に身を震わせて縮こまることしかできなかった。

悪口が鼓膜に突き刺さることも、物が飛んでくることもない。

そう、私は幽霊になったのだ。

*

弾かれたように飛び起きた。

どくどくと音を立てている胸に手を当てて、深呼吸を繰り返しながら恐る恐る周囲に目を配る。

視界は暗く、聴覚は静けさを拾うのみだった。今の今まで目に映っていた場所ではない。四角い空間であることは変わりないけれど、教室よりもずっと狭かった。周囲には誰もいないし、もちろん誰の声も聞こえてこない。

そこでやっと、夢だったのだと気づいた。

1 逃避と再会

サイドテーブルに置いてあるデジタル時計のわずかな明かりが、ぼんやりと室内を照らす。六畳ほどの空間にデスクと本棚だけが置かれている、殺風景といってもいいくらいシンプルな部屋。

息が整うにつれて落ち着きを取り戻し、ここがどこなのか、そしてなぜここにいるのかを徐々に思い出す。

ここは三日前から居候している、叔母さん――お母さんの妹である亜実ちゃんの家。私の高校は二学期制だから、九月の終わりから十月の始まりにかけて一週間ほどの秋休みがある。その期間だけ泊まらせてもらうことになっていた。

――亜実がね、うちに遊びに来ないかって。どうする？

一週間前お母さんにそう言われたとき、私は迷わず頷いた。

お母さんは、ほっとした顔をしていた。

デジタル時計を確認すると、時刻は三時になるところだった。またこんな時間に目覚めてしまった。しかも、すっかり眠気が吹き飛んでいる。またあの夢を見るかもしれないという恐怖も相まって、二度寝はできそうにない。

Tシャツは汗でびっしょりと濡れていた。布が肌にまとわりつく不快感が、ま

1 逃避と再会

るで私を再び悪夢に引きずり込もうとしているみたいだった。一刻も早くその感覚から解放されたくて、着替えるため間接照明をつけてキャリーバッグを漁（あさ）った。

「茉優（まゆ）？　起きてるの？」

控えめな音を立ててドアがゆっくりと開き、亜実ちゃんが顔を覗（のぞ）かせた。

時計と亜実ちゃんの顔を交互に見て、まさか昼の三時かと一瞬混乱する。だけどそれにしては室内が暗すぎるし、間違いなく深夜の三時だ。

「うん、ちょっと、暑くて目が覚めちゃって」

言ってすぐに、嘘（うそ）っぽかったかなと焦（あせ）りが湧（わ）いた。日中はまだ夏の名残（なごり）があるものの、十月ともなれば夜はそこそこ冷える。少なくとも寝汗を搔くような気温ではない。

慌（あわ）てて「亜実ちゃんは？」とつけ足した。

「喉渇（のどかわ）いたから水飲みにリビング来たら、部屋の電気ついてたから」

亜実ちゃんはそう言って、ドアを開けっぱなしにしたまま部屋から出ていった。

一分と経（た）たずに戻ってくると、両手に水が入ったグラスを持っていた。

ん、と片方を私に差し出す。喉が渇いている自覚はなかったのに、手渡された水を一気に飲み干した。渇きは満たされたけれど、すでに冴えていた頭が余計に覚醒してしまった気がする。

「ありがとう」

「どういたしまして。……ねえ、茉優」

「なに?」

亜実ちゃんは薄く唇を開いた。

だけど言葉を発さず、やがて微笑んだ。

「暑かったらエアコンつけていいからね」

「あ、うん、わかった」

「じゃあ、おやすみ」

どうやら嘘だとばれなかったようだ。

亜実ちゃんは空いたグラスを私の手から抜き取って、部屋から出ていった。

予想通りなかなか寝つけなかったけれど、かろうじて二度寝ができたようだ。

次に目が覚めたとき、視界は至ってクリアだった。カーテンの隙間から太陽の光が漏れていて、夜はぼんやりとしか見えなかったデスクも本棚もはっきりと見える。

私に与えられたこの部屋は、リビングに隣接している洋室。普段は亜実ちゃんが仕事部屋として使っているらしい。

起き上がり、居候の身だから礼儀として布団を畳む。キャリーバッグを開けて、悩む間もなく適当に取り出した服に着替えた。お洒落をする必要がないから、お気に入りの服なんて一着たりとも持ってきていない。入っているのはTシャツが数枚とジーンズが数本だけ。

ハンガーにかけていた薄手のパーカーを羽織ってから、引き戸を開けてリビングを覗く。もう九時を過ぎているのに、亜実ちゃんの姿は見当たらなかった。

「亜実ちゃん?」

一応呼んでみても、もちろん返事はない。今日に限ったことではないから、またかと半ば呆れながら洗面所に向かった。

鏡に映った自分の姿を見て、乾いた笑いがこぼれた。

あの日からまだ一か月くらいしか経っていないのに、ずいぶん痩せた。伸ばしっぱなしの髪はまるで艶（つや）がなくぼさぼさで、癖（くせ）のある毛先が肩に当たってあちらこちらに飛び跳（は）ねている。外に出ていないから、夏が終わったばかりだというのに肌も真っ白だし、顔に至ってはもはや青白い。

本当に、幽霊みたいだ。

メイクをすれば多少はましになるだろうけれど、とてもそんな気分になれないし、そもそも道具を持ってきていない。一か月前から部屋の隅（すみ）に放置したままだ。

鏡から目を逸（そ）らし、洗顔と歯みがきを済ませる。目にかぶさっている前髪を指先で軽く左右に払い、髪をヘアゴムでひとつにまとめてリビングに戻った。

大きなL字型のソファーに座ってテレビを観ていると、大きなあくびをしながら亜実ちゃんが起きてきたのは二時間後だった。目は開いていないし足下はふらついているし服はよれよれだし髪は寝癖だらけでメドゥーサみたいだ。

「おはよう〜」

「全然早くないけど」

呆れながら言うと、亜実ちゃんは大きな口を開けて「あはは」と豪快（ごうかい）に笑った。

次いでソファーの空いているスペースにダイブし、二度寝しそうな勢いで気持ち

1 逃避と再会

よさそうに目を閉じた。

「え、亜実ちゃん？　もしかしてまだ寝る気？」

「起きるよ、起きる。大丈夫。……ちょっと横になるだけ」

「いやそれ絶対寝るじゃん」

「だって眠い〜〜〜」

「もう、だらしないなあ。さっさと顔洗って歯みがいて着替えてきなよ」

亜実ちゃんの両腕を引っ張って起き上がらせると、また大きな口で「あはは」と笑った。姪に叱られてなにがそんなに楽しいのか全然わからない。亜実ちゃんが洗面所で厚化粧（と言ったら怒られそうだから言わないけれど）をしている間に、軽く部屋を片づけることにした。

亜実ちゃんは、叔母といっても私のお母さんと歳が離れていてまだ二十八歳。二年前に結婚し、旦那さんとふたりでこのマンションに住んでいる。職業は小説家。以前は会社勤めをしながらたまに本を出すくらいだったものの、結婚を機に会社を退職し、今は小説一本でやっているようだった。

亜実ちゃんが遊びに来ないかと言った理由は、旦那さんが出張でしばらく帰ってこないからだそうだ。さらに亜実ちゃんの仕事もひと区切りついたばかりで暇らしく、そこに私の秋休みが偶然重なり、こうして居候生活をすることになったのだった。

はっきりと覚えているわけではないものの、幼い頃は亜実ちゃんにかなりなついていたと思う。

私の家はお母さんと亜実ちゃんの実家から自転車で十五分程度の距離だから、亜実ちゃんはしょっちゅう私の家に来ていた。お母さんは二歳下の妹である恵茉につきっきりで、思うように甘えられなかった私は、たくさん遊んでくれる亜実ちゃんにべったりだった。叔母にしてはそれほど年齢差がないこともあり、お姉ちゃんみたいな存在だった。

「あれ、掃除してくれたの？　ありがとー茉優」

身支度を終えた亜実ちゃんは、寝起きの姿とはまるで別人になっていた。

目元を強調するメイクも、フェミニンすぎないふんわりとしたワンピースも、S字カールのミディアムヘアもよく似合っている。もともとの童顔も相まって、姪の私から見てもアラサーには見えない。

1

逃避と再会

「だって汚いんだもん。ちょっとくらい片づけたら？」

「旦那がいないときくらい全力で怠けさせてよ」

「怠けすぎだよ、もう」

亜実ちゃんは家事全般が苦手らしく、来たときは部屋が散らかっていたし洗濯物も溜まっていた。料理は嫌いではないらしいけれど、面倒だとか言ってまともに作ったのは一日目だけ。他はだいたいデリバリーで済ませている。

おぼろげだった幼い頃の記憶がたった三日間で鮮明になりつつあるのは、亜実ちゃんがあまりにも変わっていないからだろう。自由でだらしなくて、マイペースすぎてちょっと掴みどころがなくて、だけど甘え上手で、なんとなく憎めない。これじゃお姉ちゃんというより妹みたいだ。

呆れてばかりだけど、おかげで赤の他人みたいだった空白の数年間が嘘のように、普通に接することができている。亜実ちゃんのペースに乗せられているだけとも言えるけれど。

「もうこんな時間じゃん。茉優、ご飯どうする？　お腹空いてるよね？」

「そんなに空いてないから大丈夫だよ」

「だめだよ食べなきゃ。たまには食べに行く？　茉優がいいならだけど」

外食なんてしばらくしていないし、正直あまり気分が乗らない。最近はめっきり人混みが苦手になってしまい、騒がしい空間にいると気分が悪くなるのだ。だけど私の都合で断るのも気が引けるから、いいよと頷いた。


亜実ちゃんの行きつけらしい喫茶店へ行くことになり、徒歩十分程度だと言うから歩いて向かう。

空は雲ひとつない晴天だ。秋とは思えないほど照りつける太陽が、肌にじりじりと熱を送る。日焼け防止ではなかったにしろ、上着を羽織ってきたのは結果的に正解だった。

この町に対する感想は、車がなければどこにも行けなそうだな、だった。

視界に映るのは川や田んぼくらいのもので、すでに五分ほど歩いているのにコンビニすら見当たらない。聞けば、電車やバスの本数は私の地元の半分くらいしかないらしい。

風景に見どころがなさすぎるせいか、無意識に上を向く。

1 逃避と再会

どれだけ暑くても、一応は秋なのだなと思う。風がずいぶんと爽やかになり、真夏のような息苦しさはない。それが季節のせいなのかは、わからないけれど。

叔母の家といっても、べつに離れた地域というわけじゃない。私の家から車で四十分、快速電車だとたった二駅で十分程度の隣市だ。

本当はもっと遠くへ行ってしまいたかった。

だけど高校生の私にそんな当てがあるはずもなかった。

ふと横目で亜実ちゃんを見れば、楽しそうに鼻歌を口ずさんでいた。

「そういえば、旦那さんっていつ帰ってくるの?」

「さあ。一週間くらいって言ってたけど、どうだろ。延長するかも」

「そうなんだ。忙しいんだね」

「まあね」

——亜実がね、うちに遊びに来ないかって。どうする?

亜実ちゃんはなぜそんなことを言ったのだろう。

今はこんな調子だけれど、亜実ちゃんの家に着く直前までけっこう緊張していたし、たとえ短期間でもうまくやっていけるのかと不安も大きかった。いくら幼い頃にべったりだったといっても、私が小学校高学年のときに亜実ちゃんが仕事で地方に転勤になってからはほとんど疎遠だったのだ。

数年後に戻ってきたけれど、その頃には私も思春期に突入していて、昔みたいに無邪気に話しかけられるほど子供じゃなくなっていた。だからたまに親戚の集まりなどで顔を合わせても、まともに話すらしていなかった。

お母さんに提案されたときは深く考えずに頷いてしまったけれど、いくら暇を持て余していたからといって、長いこと疎遠だった姪を誘ったりするだろうか。

旦那さんの長期不在が寂しくて、ただひとりでいたくなかったのか。

あるいは――あの日のことをお母さんが亜実ちゃんに話したのだろうか。

後者だとしても、私を誘う理由にはならない気がする。むしろ知っているなら敬遠したくなるのが普通だろう。

疑問に思いながらも、訊くことはしなかった。

口にしたくないし、思い出したくもない。

いっそのこと、すべて忘れられたらいいのに。

1 逃避と再会

連れてこられたのは〈喫茶かぜはや〉という喫茶店だった。

その名前に、心臓がどくんと跳ねる。次いで脳裏(のうり)に浮かんだ光景を払うように頭を振った。

ドアを開けると、カランカランと小気味(こきみ)いい鈴の音に迎えられた。

店内はコーヒーの香りが漂(ただよ)う昔ながらの喫茶店といった感じだ。カウンター席に脚長の椅子(いす)が六脚、四人用のテーブル席が四つと、それほど広くない。ところどころに置かれている観葉植物と静かに流れている洋楽のおかげか、落ち着いた雰囲気だ。

時刻は十三時を過ぎている。平日ということもあり、お客さんは二組だけだった。ゆったりとランチを楽しむ仲睦(なかむつ)まじい雰囲気の老夫婦と、昼休憩中らしいサラリーマン。

空いていたことにほっとした。

「やっほー敦志(あつし)」

入ってすぐに、亜実ちゃんがカウンターに立っていた背の高い男の人に声をかけた。振り向いた彼は「いらっしゃい」と柔らかく微笑んで、私に気づくと眉(まゆ)を上げた。

「この子は？」

「姪っ子。茉優っていうの。しばらくうちに泊まることになったから連れてきた」

「はじめまして。ゆっくりしていってね」

敦志さんは、すごく整った顔立ちをしていた。優しそうな二重の大きな目に、筋が通った高い鼻。クラスにいたら女子の熱視線をかっさらっていただろう。亜実ちゃんよりちょっと歳上くらいだろうか。

亜実ちゃんがいつも座っているという、窓側のテーブル席に向かい合う形で座った。

ひとまず私はアイスカフェオレを、亜実ちゃんはアイスコーヒーを注文する。

「お腹空いてないんだっけ？」

「うん……あんまり」

無意識に胃の辺りをさすった。

正確に言えば、お腹は空いている。だけど食べられる気がしない。最後にまともにご飯を食べたのがいつだったかも覚えていない。

「茉優は痩せすぎ。ちゃんとご飯食べな。麺とかリゾットとか、食べやすいのにしたら？　敦志にちょっと少なめに作ってもらお」

「でも、今日のランチはハンバーグって書いてあるけど」

「いいでしょべつに。わたし常連だし」

「い、いいの？　じゃあ……パスタにしようかな」

「おっけー」

　亜実ちゃんが敦志さんを呼び、ふたり分の注文をする。今日のランチはハンバーグですけど、という敦志さんのささやかなツッコミを無視して「パスタ少なめでよろしく」と強引にねじ伏せた。

　若干引きつった笑みで「かしこまりました」と言った敦志さんを気の毒に思うけれど、残してしまう方が申し訳ないから、今回ばかりは亜実ちゃんの強引さに感謝する。

「ねえ敦志、ケーキとラテアートってまだ無理そう？」

「悪い、もうちょいかかると思う」

「そっか。まだ怪我治ってないんだ」

「縫ったくらいだからな」

ふたりの会話を聞きながら、敦志さんの顔に向けていた視線を下ろす。半袖のシャツから伸びている腕から手にかけて、包帯はない。ケーキは敦志さん以外の誰かが作っているのだろうかと思ったけれど、店内を見渡してみても他に従業員はいなかった。

話し終えた敦志さんがカウンターの奥に戻っていく。

亜実ちゃんは、なぜか私を見ながらにこにこしていた。

「ねえ、亜実ちゃんって……」

「ん？　なに？」

——どこまで知ってるの？

浮かんだ質問は、喉の奥に引っかかって出てこなかった。

「えっと……敦志さんと友達なの？」

「友達っていうか、しょっちゅう来てるから、自然とね」

ちょっとよくわからないけれど、社交的な亜実ちゃんらしい。

騒がしい亜実ちゃんにはああいう落ち着いた雰囲気の人が合うのかもしれない。旦那さんも確かそういうタイプだったし。

「そっか」

わざわざ確認するまでもないか。

再会してからの亜実ちゃんは至って普通だし、やっぱり私を誘ったのは、単に一週間もひとりで過ごすのが寂しかっただけなのかもしれない。

だって、知っているなら多少は言動に表れるはずだ。

腫（は）れ物に触るように接したり、あるいは——まるで得体の知れない怪物でも見ているかのように、怯（おび）えた目をしたり。

私の、お母さんみたいに。

運ばれてきたパスタを食べてみると、めちゃめちゃおいしかった。サラダもスープも絶品だ。半分くらいしか食べられなかったけれど、久しぶりに満腹感を得ることができた。

亜実ちゃんは自分が注文したハンバーグセットも私が残したパスタもぺろりと

平らげて、敦志さんがサービスしてくれたアイスコーヒーのおかわりをちびちび飲みながらずっと喋っている。私はただ相槌を打っているだけなのに、ずいぶんと楽しそうだ。

亜実ちゃんって悩みとかあるんだろうか。そういえば、人生楽しんだもん勝ちだよ、とよく言っていたし、亜実ちゃんの記憶をたぐり寄せても豪快に笑っている顔しか浮かばない。

悩んだり迷ったりしない人なんてきっといない。だけど、うじうじしたり心を閉ざしたりはしないのだろう。今の私みたいに。

カランカランと鈴の音が鳴って、はっと我に返る。

「おかえり。早かったな」

「ただいま。みんな遊んでるだけで文化祭の準備どころじゃ——え？」

思わず上半身を翻して出入口を見たのは、聞き覚えのある声だったからだ。

彼の声が止んだのと目が合ったのは同時だった。

店の看板を見たときの五倍くらい大きく心臓が跳ねた。

「楠木さん？」

いつも平静を保っている彼の目が見開かれる。

ただし、私も同じ表情をしているだろう。

「風早くん……」

当惑しながらも、真っ先に彼の右手を見た。

手首から指のつけ根にかけて包帯が巻かれている。

「茉優、朔と知り合いなの？」

「あ……うん。同じ高校……っていうか、クラスメイトで……」

クラスメイト。それは、私が一番会いたくない相手だ。

ただし彼だけは例外だった。

ある意味、誰よりも顔を合わせにくい人ではある。だけど同時に、一番会わなければいけない人でもある。

私も風早くんも、お互いを見たまま硬直することしかできずにいた。視界の両端で、亜実ちゃんと敦志さんが困惑しながら私たちを見ていた。

「あ」

気まずい空気を断ち切ったのは敦志さんだった。

「朔、帰ってきたばっかで悪いんだけど、買い物行ってこいよ」

「は？」

「よかったら茉優ちゃんも一緒に」

「は⁉　いや、いいから！　俺ひとりで行くから！　お客さんパシるとかどういう神経してんの⁉」

「べつにいいだろ。亜実の姪っ子だし」

「その理屈成り立つ⁉」

「大丈夫です！　私も行きます。ドリンクサービスしてくれたお礼に」

意を決して立ち上がると、敦志さんは絶句している風早くんに「ほらね」と満足げに微笑んだ。


ふたり分くらいのスペースを空けて、無言のまま風早くんの後ろを歩いた。

河川敷に目をやっている風早くんの黒い髪が、風に吹かれてさらさらと揺れている。細身なせいかちょっと小柄に見えていたけれど、思っていたより背が高いかもしれない。

風早くんの後ろ姿を眺めながら、口を開いて、閉じて、を繰り返していた。おつかいについてきたのは、風早くんに言わなければいけないことがあるからだ。なのに言葉が出てこない。無音が気まずさに拍車をかける。せめて当たり障りない会話で間を繋ぐことができればいいのに、話題がなにひとつ浮かばない。あの日のことで頭がいっぱいなのもあるけれど、それ以前に風早くんとはほとんど話したことがないのだ。

だからあの日、突然現れた風早くんに心底驚いた。

あまりの気まずさに目のやり場に困った私は、なんとなく空を見上げた。

亜実ちゃんと〈喫茶かぜはや〉に向かっていたときよりずいぶん涼しくなったと思っていたら、空が青から橙に移り変わろうとしていた。橙に染まれば、今度はあっという間に濃紺に呑まれるのだろう。

想像したとき、心臓がざわついた。

――また、夜が来る。

気温も景色も、この時間帯が一番好きだった。なのにそれすらも恐怖の対象になってしまったのだと実感させられる。ほとんど無意識に、パーカーで隠れている二の腕に手を添えた。

「あ、あの、ごめんね、つき合わせちゃって」

急に話しかけられて、とっさに二の腕から手を離した。パーカーを着ているのだから見えるわけがないのに、風早くんが前を向いていたことに安堵する。

「ううん、大丈夫」

「楠木さんはお客さんなのに、パシるとかありえなくない？」

笑っていることが声音でわかる。

どうして私に笑いかけてくれるんだろう。

「ほんとに大丈夫だよ」

「いや、でも、まじでごめ――」

「もう謝らないで」

思わず語気を強めてしまった私に、風早くんは驚いた顔で振り向いた。ふたりの足が止まり、自然と向かい合う。視線が交わったことに怯んでしまった私は、地面の方を向いた。

風早くんはただ、敦志さんがおつかいに私を同行させたことを謝っているだけ。

わかっているのに、あの日のこととはまるで関係ないのに、風早くんに謝られると罪悪感が膨れ上がってしまう。

「あ……ごめん、俺ちょっとしつこかったよね」

「ごめん、違うの。そうじゃなくて……」

風早くんに言わなければいけないことがある。

ずっと言えずじまいだった言葉を伝えなければいけない。

もっと早く行動に移さなければいけなかった。だけど機会がなかったし、連絡先も知らないし、なによりどうしても気力が湧かなかった。

「謝らなきゃいけないのは、私の方だから」

「楠木さんに謝られるようなことなんかないよ」

「あるよ」

地面に落としていた視線を上げると、包帯が巻かれている右手が目に入った。

私は包帯の中にある傷の深さや経過を一切知らない。だけど、軽傷じゃないことだけは明白だ。あの日見た真っ赤な血と風早くんのうめき声を鮮明に覚えている。

緊張で汗ばんでいる手をぎゅっと握りしめる。

顔を上げて、しっかりと風早くんを見据えた。

「怪我させちゃって……ごめんなさい」

語尾が震えた。

風早くんの怪我は、私のせいだった。

間接的でも比喩でもない。

間違いなく、紛れもなく、他の誰でもない私が傷をつけた。

「俺……は」

罵られる覚悟を決めて、体に力を込める。

けれど風早くんはためらうように唇を動かすだけで、続きを言わない。

一旦唇を閉じると、口角を上げた。

「なんで謝るの？　楠木さんのせいじゃないよ」

「そんなわけない。私のせいだよ」

「俺が勝手に手出しただけだから、気にしなくていいよ。怪我だって大したことなかったし、もうほとんど治ってるし。包帯なんか巻いて大げさだよな。それに俺、左利きだから問題ないよ」

大げさ、なんだろうか。

本当に大丈夫なんだろうか。傷ってどれくらいで完治するんだろう。

「……ほんとに？」

「ほんとほんと」

風早くんはのんきに笑いながら、痛くないとアピールするように右手を振った。

「そっか。なら……」

よかった、と言いかけたとき、敦志さんと亜実ちゃんの会話を思い出した。

「嘘、だよね」

「へっ？」

「風早くんが帰ってくる前に、亜実ちゃんと敦志さんが話してたの。怪我が治ってないからケーキとラテアートはまだ無理だって。敦志さん、縫った、って言ってた。それって風早くんのことだよね？」

目を見張った風早くんは、私から顔を逸らした。

やっぱりそうなんだ……。

1 逃避と再会

「本当に……ごめんなさい」

「いいって。ケーキ作りもラテアートも単なる趣味だし、ほんとに大した怪我じゃないから」

「でも、縫ったんだよね？」

「一か月も前の話でしょ。もう大丈夫だよ」

「だって……じゃあなんでまだ包帯巻いてるの？」

「それは、その、あれだよ。傷痕はまだ残ってるから、あっちゃんが隠しとけって」

一か月経っても傷痕が残るほどの怪我が、いや、そもそも縫うほどの怪我が大したことないはずがない。あっさり信じようとしたのは、できれば軽傷であってほしいと願っていたからだと気づいた。自分の罪悪感を減らすために。

もう一度謝ろうと空気を吸い込んだとき、

「てか、朔でいいよ」

唐突に言われ、吸い込んだ息が唇の間からひゅっと抜けた。

「ほ、ほら、カゼハヤクンって長いし言いづらくない？　語呂が悪いっていうか」

なんだか急にロボットみたいな動きになったし、やけにどもっている。

風早くんがあまりにも不自然に笑うから、反射的に言葉を呑んでしまった。

無理にでも話を戻してもう一度しっかり謝るべきか、和(なご)ませてくれたこの空気を守るべきか。

「そんなことないよ。爽やかでかっこいいと思う」

少し悩んで、後者を選んだ。

私があの日のことを思い出したくないように、風早くんも話したくないのかもしれない。

「そ、そっか。けど、ほら、朔の方が短いし言いやすくない？」

「うん、わかった。じゃあ朔って呼ぶね。だったら私も茉優でいいよ」

「わかった。じゃあ、ま、ま、まま茉優、ね」

名前呼びを提案してくれたのは風早くん改め朔なのに、ちゃんと呼べるのだろうか。

「じゃ、じゃあ、よかったら連絡先とか交換しない？」

朔がポケットからスマホを取り出して私に向けた。

差し出されたスマホを見ながら、頭の中で言い訳を考える。

「あの……ごめん。スマホ、家に忘れてきちゃって」

「そ、そうなんだ。じゃあしょうがないか。よし、うん、暗くなってきちゃったし、早く店に帰ろう」

朔はスマホをポケットに収納し、すぐさま私に背中を向けて、繋ぎ目が錆ついたロボットみたいな動きで歩き出した。

少し痛んだ胸に手を当てて、動悸を落ち着かせるため深呼吸をして、朔のあとを追った。

世界なんて変わらないと思っていた。
真っ黒でひどく淀んだ薄汚い世界が、ずっと続いていくと思っていた。

母さんの話によると、俺は幼い頃から人見知りがすさまじかったらしい。朔は公園に行ってもお母さんから離れないし、お友達が一緒に遊ぼうって言ってくれてもお母さんの後ろに隠れるし、大変だったんだから——などと困ったように言いながら、だけどどこか楽しそうに微笑むのだ。

覚えていないし思い出したくもないが、たぶん母さんは話を盛っていない。聞かされていた当時は幼さゆえの男のプライドを持ち合わせていたから、そんなわけないよ！などと必死に反論していたが、今となってはまあそうだろうなと納得できてしまう。

人と関わることは今でも、いや、今の方があの頃と比べものにならないほど苦手だからだ。

幼い頃、俺の世界は母さんがすべてだった。

父さんはほとんど家にいなかったし、きょうだいもいないし、近所に同じくらいの子供もいない。母さんは就職を機に地元を離れ、詳しい事情はわからないが家族や友達とも疎遠らしかった。そうした環境で育った俺は、子供だろうが大人だろうが関係なく、母さんの以外の人間との接し方がわからなかったのだ。

だけど、寂しくはなかった。母さんは底抜けに明るくてパワフルでお喋りで、俺たちはいつも笑っていた。たまに怒ると怖いが、俺が謝ると必ず抱きしめてくれた。

俺が三歳のときに母さんは父さんと離婚して復職し、俺は保育園に通うようになった。行きたくないと毎日大泣きしていたらしいが、俺を預けられるような知り合いもいなかったため、他に選択肢がなかったのだとのちに聞いた。

友達を作ることも先生に心を開くこともできず、ただただ母さんの迎えを待ち焦がれていた。教室の窓から外を眺め、正門に人影が現れるたびに飛び上がり、母さんじゃないことに落胆する。それを繰り返すうちに、俺以外の子供がひとりふたりと減っていく。閉園時間が過ぎても母さんは現れず、俺はいつも先生以外に誰もいなくなった教室で夜を迎えていた。

――朔、遅くなっちゃってごめんね！

母さんが走ってくるたびに、遅いよもう、などと文句を言いつつ半べそを掻いて母さんに抱き着くのだ。ごめんね、と言いながら、母さんも俺をぎゅっと抱きしめてくれた。

――今日はなに食べたい？

――ハンバーグ！

――またー？　一昨日もハンバーグだったよ？

――だっておいしいもん！

笑い合いながら、手を繋いで家路（いえじ）についた。

寂しくて、だけど優しくて、温かい日々。

そんな毎日がずっと続くと思っていた。

わけがわからず暗闇（くらやみ）に放り出される日が来るなんて、あの頃の俺は想像もできなかった。

*

「ほんと亜実さんと仲いいよね」

誰もいなくなった店内でテーブルを拭（ふ）きながら言うと、あっちゃんは洗い終えた食器を拭きながら「ああ」と気の抜けた返事をした。つい三十分前まできりっとしていた表情も、数秒放っておいたら寝落ちしそうなくらいぼけっとしている。閉店したからってオフになりすぎだ。

俺たちが店に戻ったあとも亜実さんは帰ろうとせず、そのまま夜ご飯も食べて帰っていった。

「平日の昼間によくひとりで来るからな。俺も暇な時間帯だし、よく話すんだよ」

女性のひとりランチにこの店はもってこいだろう。十一時から十四時までランチタイムだが、賑わうのは十三時頃までで、以降は静かになる。俺自身、日々の喧騒を忘れられる、ゆったりと時が流れていくようなその時間帯が一番好きだった。

食器を拭き終えたあっちゃんは、エプロンを外して冷蔵庫から缶ビールを取り出した。グラスに注がず缶のまま口をつける。ごくごくと喉に流し込むと、死んだ魚のようだった目が生き返っていた。

「おまえは？　茉優ちゃんと仲いいの？」

「へっ？　なななんで？」

「なんでって、クラスメイトなんだろ？」

「そう、だけど。べつに。あんまり話したことない」

我ながらそっけない返事だった。まあクラスメイトだから普通に話すけど、くらい言った方がよかったかもしれない。

「へー……そっか」

へー、のあとの間が怖い。

俺が口ごもっていると、

「おまえ、クスノキさんって言ってたよな」

あっちゃんが天井を見上げながら呟(つぶや)いた。

「ああ、うん、そう。楠木茉優」

「あー……なるほど」

なにに納得したのかわからないが、あっちゃんは無言でビールを呷(あお)る。それもそれで怖い。

するとあっちゃんは俺を見て、今度はにやりと笑った。

「可愛い子だったな」

「そ……そう？」

「モテるだろ」

「さあ。知らない」

「俺があと十歳くらい若かったら狙ってたかも」

「は!?　なに言ってんの!?」

血相を変えた俺に、あっちゃんはいよいよ大笑いした。まんまとしてやられたのだと気づき、体温が急上昇して爆発しそうだ。

完全に手遅れだとは思うが、これ以上ボロが出る前にさっさと片づけを済ませて、居住スペースになっている二階へと階段を駆け上がった。

自室のベッドに寝転がって目をつむると、つい数時間前まで目の前にいた茉優の姿がまぶたの裏に浮かんだ。

緊張しすぎてなにがなんだかわからなかった。変なことを言っていなかっただろうか。ちゃんと会話が成立していただろうか。笑顔をキープしなければと必死だったが、それはそれでへらへらして気持ち悪い奴だと思われなかっただろうか。

自分でも引くくらい挙動不審になってしまったのは、俺が密かに抱いている茉優への気持ちのせいもある。だけどそれ以上に、茉優に会ったのがあの日以来だったからだ。

——可愛い子だったな。

危うく全力で同意するところだったが、できなかった。茉優の可愛さはあんなもんじゃない。

茉優を見たとき、思わず息を呑んだ。

最後に会ってからたったの一か月で、ずいぶんと痩せて、顔色も悪く生気を感じられなかった。俺の記憶に大切に保管している——漫画なら一ページで完結する程度の時間だったが——初めて話した日の弾けるような笑顔とは似ても似つかない。

否応なしに、頭の中の場面があの日に切り替わる。

すべての感情が抜け落ちてしまったかのように、完全なる無表情で呆然と立ち尽くす、まるで人形みたいな姿——。

「朔ー、おまえ寝たの？」

1 逃避と再会

ノックの音とあっちゃんの声にびっくりして飛び起きた。

「起きてる。起きてます」

「なにきょどってんだよ。晩飯できたけど」

「食べる食べる。すぐ行く」

ベッドから降りてリビングに向かった。


——はじめまして。風早くん、だよね。今日から同じクラスだね。よろしくね。

一年半前の入学式の日、後ろの席だった茉優は俺にそう言った。

あの楠木さんだ、とひと目見てすぐにわかった。だけど茉優が初めて会ったように話しかけてくるから、俺のことを覚えていないのだろうと察した。だから俺も初対面のふりをして、よろしく、とだけ返した。

あの日の茉優は、間違いなく俺の記憶にある茉優だった。

だからこそ、何度でも考える。いつからだったのだろう、と。

茉優はいつから、あの笑顔を失っていたのだろう。なぜ俺は気づけなかったのだろう。ずっと、茉優を見ていたのに。

今の茉優の目には、この世界がどう見えているのだろう。
昔の俺と同じように、真っ黒に映っているのだろうか。
俺が孤独から脱却できたのは、間違いなくあっちゃんのおかげだった。
茉優にも、手を差し伸べてくれる〝誰か〟はいるのだろうか。
――風早くん……なんで……?
あの虚(うつ)ろな目が脳裏に焼きついて離れない。
包帯の下に眠っている手のひらの傷痕が、じくじくと痛んだ。

1 逃避と再会

2

静穏と傷痕

なんか、いつも、気づいたらひとりだった。

中学校に入ってすぐ、シノという女の子と出会った。席が隣だったことがきっかけで話すようになり、私たちは自然と仲よくなっていった。

「ねえ、どこ行ってたの？」

休み時間にトイレへ行って教室へ戻ると、シノが顔をしかめて駆け寄ってきた。

「トイレ行ってた」

「なんでひとりで行っちゃうの？　あたしも誘ってよ」

仲が深まるにつれて、こういうことを言われるようになっていた。

シノはすごく甘えん坊で、休み時間も昼休みも教室移動も常に私と行動したがる。反して私は、行きたいと思ったタイミングで近くにシノがいなければ、ひとりでふらりと行ってしまうのだ。

茉優はマイペースすぎるんだよ、とよく言われていたけれど、どうしてシノが怒るのかいまいちわからなかった。今だってただトイレに行くだけなのだから、わざわざ友達を誘うまでもない。

返答に困っていると、シノは「あとさあ」と続けた。

「あの子たちとなに話してたの？　すごい楽しそうだったけど」

私と一緒にトイレから戻ってきた女の子たちを、シノが視線で示す。

「五時間目の英語で小テストやるみたいだって話してただけだよ」

「ふーん……そうなんだ。でも、あんまりあの子たちと喋ったりしない方がいいと思う」

「……なんで？」

「けっこうみんなに嫌われてるんだよ。あたしも嫌いだな。だってうるさくない？　休み時間のたびにぎゃあぎゃあ騒いでさあ。男の話ばっかりしてるし、モテ自慢かよって感じ。馬鹿っぽいし普通に引くって」

シノが誰かの悪口を言うのは初めてではない。

正直に言えば、こういうところは得意ではなかった。

誰かを嫌ったり悪口を言うこと自体を咎めたいわけじゃない。引っかかっているのは、頻度が多すぎることと標的が無差別すぎることだ。

なぜただ同じ教室にいるだけで特に関わりのない相手がそんなに気になるのかがわからなかった。べつに彼女たちが私たちになにかしてきたわけでも言ってきたわけでもないのに。

確かに彼女たちは明るくて目立つタイプだから、いつも教室の中心にいる。彼氏ができたとか別れたとか話しているのを耳にしたこともある。だけど、それがなんだというのだ。

「そうなんだ。でも私はうるさいって思ったことないし、嫌いじゃないから喋るよ。それに私たちだって騒いじゃうときもあるだろうし」

チャイムが鳴り、話は強制終了となった。

口をつぐんで自席へ戻ったシノがどんな顔をしていたのか、私は覚えていない。


二年になるとクラスが離れたけれど、私たちの仲は変わらなかった。廊下で会えばもちろん話をするし、シノが新しいクラスに馴染(なじ)めないと言うから、休み時間はお互いの教室を行き来して、昼休みも一緒に過ごした。

進級して二か月が経った頃、シノは急にクラスの女の子たちと仲よくなったようだった。うるさくてけっこうみんなに嫌われていてモテ自慢かよってくらい男の話ばっかりして馬鹿っぽくて普通に引く、と散々揶揄(さんざんやゆ)していた子たちと。

なぜあれほど嫌っていた相手と急に仲よくなったのか不思議に思いながら過ごしているうちに、いつしかシノは前ほど私のところに来なくなった。とはいえ来るときは来るし、それほど気にしていなかった。

むしろほっとしている自分もいた。休み時間のすべてといってもいいほどシノと過ごしていた私は、いまいちクラスの女の子たちと打ち解けるタイミングを掴めずにいたからだ。それに仲よくなったなら、あの子たちの悪口も言わなくなるだろう。

――なんて思っていた私は、たぶん能天気だった。

休み時間を教室で過ごす時間が増え、やっとクラスの女の子たちに馴染めてきたと安心していた矢先、ある日突然シノに無視をされるようになった。話しかけてもそっけない態度、という段階を飛ばして、完全なる無視を。

なにか気に障ることをしてしまったのかもしれないと考えてみても、思い当たる節がない。なぜならほんの二日前に遊んで、いつも通りたくさん話してたくさん笑って、また月曜日ね、と笑顔で別れたからだ。

シノの態度に我慢できず、一度だけ、ついカッとなって肩を掴んだことがある。

だけど、

「触んじゃねえよ」

睨(にら)みつけられた挙げ句思いきり舌打ちをされてしまった。

さすがに深く傷ついた私は、以降、シノに声をかけることができなくなった。

シノが学年の女の子たちに私のことを吹聴(ふいちょう)したのか、次第に同じクラスの子にも無視されるようになり、私はあっという間にひとりになった。ただ廊下を歩いているだけで『男好き』『裏切り者』などと言われるようになった。楽しかったはずの学校生活は地獄と化した。

ここまでされるなら、私がなにかしてしまったに違いない。だけどいくら考えてみても、シノが怒っている理由も『男好き』や『裏切り者』にも心当たりがなく、ただただ混乱することしかできなかった。

学校は休まなかった。いじめなんかに負けたくなかった。

それに、休むとなるとお母さんに理由を言わなければいけない。

学年中の女の子に無視されているなんて、言えるわけがなかった。

こんなのずっと続くわけじゃないと自分に言い聞かせ、意思に反して竦(すく)んでし

2

静穏と傷痕

まう足を毎日学校へ運んだ。

シノに呼び出されたのは、耐え続けて一か月が過ぎた頃だった。

空き教室に入ったとき、中にシノしかいなかったことだけはほっとした。ついに大勢に囲まれて暴力を振るわれるのではないかという不安も、少なからずあったからだ。

もしかして、謝ってくれるのだろうか。

私を呼び出したのは、仲直りをするつもりなのだろうか。

そんなささやかな期待は呆気(あっけ)なく打ち砕(くだ)かれる。

私に気づいて振り向いたシノは、冷淡な目をしていた。

「なんであたしが怒ってるかわかってる?」

なに言ってるんだろう、と思った。

無視されていただけなのに、わかるわけがない。

「普通、友達が怒ってたら理由訊くよね? なんでなにも言わないの?」

声かけたのに無視したのはそっちじゃん——。

反射的に言い返しそうになったのをぐっと堪えた。火に油を注ぎたくない。下手をすれば、今度こそ無視なんかじゃ済まなくなってしまう。

「……なんで怒ってたの？」

「だからさあ。茉優はそういうところがだめなんだって。ちゃんと自分で考えてよ。じゃなきゃ意味ないでしょ。まあ今回は言うけど」

今言うなら最初から言ってほしかった。

この一か月間はなんだったんだろう。

「ずっと思ってたんだけど。茉優ってあたしのこと軽く見てるよね？」

「……どういう意味？」

「適当にあしらってるっていうか。一年の頃もあたしのこと放置して勝手にどっか行ったり、自分が興味ない話は流したりさあ。あたしのことほんとに友達だと思ってるのかなって、ずっと疑問だったんだよね。あたしのことなんかどうでもいいんだろうなって。今回のことではっきりした」

後半はこっちの台詞だし、今回のこと、がなにを指しているのかわからない。

黙っている私にシノはため息をついて続ける。

2 静穏と傷痕

「先月、茉優のクラスのみんなで遊んだでしょ？」

「遊んだけど……」

「メンバー誰だった？」

シノが喋れば喋るほど混乱が増していく。

その話と無視となにが関係あるのかまったくわからない。

遠回しな物言いに苛立ちを覚えながら、促されるままに名前を出していく。

ある男の子の名前を出したところで、

「うん、いたよね」

シノが食い気味に言った。

「いたけど……」

「あたしが一年の頃からあいつのこと好きだって知ってるよね？」

ずっと話を聞いていたから当然知っている。それでも私は、シノが怒っている理由にたどり着けなかった。正確に言えば、そんなことでここまで怒る意味がわからなかった。

べつに私が個人的に彼を誘ったわけでも、ふたりきりで会ったわけでもない。

ただのクラス会だった。誘われて行った先に彼がいたというだけの話だ。

「なんか、茉優たちがいちゃいちゃしてたって聞いたんだけど。もしかして茉優もあいつのこと好きで、あたしのこと裏切ろうとしてたんじゃないの？」

「そんなわけないじゃん！　それに、少しは話したかもしれないけど……いちゃいちゃなんかしてないよ！」

「だったらなんで行ったの？　普通、友達の好きな人がいたら行かないよね？　それか、あたしのこと誘ってくれてもよかったんじゃない？　茉優のクラスなら何人か友達いるし、べつにあたしが行っても大丈夫だったと思うけど」

　面食らった私は言葉に詰まってしまった。

　友達の好きな人がいるならクラス会を欠席するべきという理屈も、自分を呼べという主張も、私には理解できない。確かにシノがいても変ではないかもしれないけれど、決して自然ではない。クラスのメンバーで遊ぶときに他のクラスの子は呼ばない。なにより、そんなことでいちいち怒られていたらきりがない。

　シノは私を見据えていた。たぶん私の返答を――謝罪の言葉を――待っているのだろう。だけど私は、シノと目を合わせたまま立ち竦むことしかできずにいた。

たったそれだけのことで部外者を巻き込んで一か月も無視されていたのかと思うと、怒りを通り越してなんとも言えない気持ちになってしまったのだ。はっきり言えば、くだらないとさえ思った。気に入らないことがあるなら、私に言えばよかっただけの話なのに。

同時にショックも受けていた。

クラスの誰かが、シノに嘘を吹き込んだ。シノはそれを鵜呑(うの)みにした。私を信じてくれなかった。あんなに、ずっと一緒にいたのに。

今がなんのための時間なのかよくわからなかったけれど、私は今日大切な友達を失うのだということだけはわかった。

いや、もうとっくに失っていた。

「私のことが許せないんだよね。わかった。今まで一緒にいてくれてありがとう」

我ながら、あまりにも乾いた台詞だった。

もうどうでもよかった。一刻も早くこの無意味としか思えない状況から立ち去りたかった。

だけどシノは、くしゃっと顔を歪ませて噴き出した。

「なにそれ。カップルの別れ話じゃないんだから。仲直りしようって言ってるんだよ。喧嘩(けんか)しても仲直りするのが友達でしょ？　ていうか、どうでもよかったらわざわざ話し合いするために呼び出したりしないって。友達だからこうやってはっきり言ったんだよ」

あれは喧嘩と呼べるのだろうか。

そしてこれは話し合いと言えるのだろうか。

「ねえ、さっきの質問ちゃんと答えてよ」

「さっきの、って……」

「あたしのこと、ほんとに友達だと思ってる？」

問いたいのはこっちだ。

友達だと思ってくれていたのか。

私のことなんかどうでもよかったんじゃないのか。

私たちは、本当に友達だったのか。

「……思ってたよ」

2 静穏と傷痕

シノが納得したのかわからないけれどひとまず満足したのか、一か月間にわたる絶交は解除された。

表向きは普通に接していたと思う。とはいえ元通りの関係に戻れるはずもない。少なくとも私の中でわだかまりが残ったままだった。高校が離れてからは、瞬(またた)く間に音信不通になった。

物語ならあれは序章だったのかもしれないと、今になって思う。

*

それほどの悪夢ではなかったものの、気分は最悪だった。

重い体を起こし、昨日とさほど変わらない格好に着替えてリビングへ向かう。好きに過ごしていいと言われているから、とりあえずテレビをつける。芸能人のスキャンダルやらグルメ情報やらをぼんやりと観ながら過ごしていると、十一時になる頃に亜実ちゃんが起きてきた。

「おはよう～」

全然早くないけど、と言いかけて、昨日と同じになると思ったからやめた。

亜実ちゃんは今日もソファーにダイブしてうつらうつらしている。叱る代わりにため息をついた。

亜実ちゃんとお母さんは、本当に血が繋がっているのか疑問に思うほど正反対だ。

お母さんは娘の私から見ても完璧主義だと思う。例えば、休日でも平日と同じ時間に起きて、私や恵茉やお父さんが起きる頃には身支度を済ませて朝ご飯も用意されている。お昼まで寝過ごして着替えもせずにソファーで二度寝しようとするなんてことは絶対にない。

逆に言えば、イレギュラーにはとことん弱い。

「早く着替えて顔洗って歯みがいてきなよ」

「あんたけっこう口うるさいよね」

「亜実ちゃんがだらしなさすぎるの。ついでに厚げ……いいから早く」

「厚化粧って言いかけたな」

私に軽くチョップをして、めんどくさいなあとぶつぶつ文句を言いながら亜実ちゃんは洗面所に向かった。

亜実ちゃんの後ろ姿を見送りながら、ふと思い出す。

親や親戚に、私の性格は亜実ちゃん譲り（ゆず）だとよく言われた。自分じゃよくわからないけれど、もしかすると周囲がそう感じたのは、私があまりにもお母さんに似ていないからではないだろうか。

恵茉は誰の目から見てもお母さん似だ。頭も要領もよく、しっかり者で人望が厚い。小学生の頃は当然のように学級委員長を務め、中学では一年の頃から生徒会に入っている。学校生活において課せられる〝みんなで仲よく〟がとても上手で、お母さんを安心させてあげられる。

だからこそお母さんは恵茉を溺愛（できあい）し、イレギュラーを起こしてばかりの私を敬遠するのだろう。

小学校三年生の夏、クラスの男の子と喧嘩になったことがある。女の子にちょっかいを出しているところを止めに入ると、彼と口論になった。言い合いの末に彼が掴みかかってきて、驚いた私はとっさに彼の手を振り払い、するとバランスを崩した彼は机に突っ込んで額（ひたい）に怪我を負ってしまった。

かすり傷だったから親を呼び出されるまではいかなかったけれど、連絡は当然行った。家に帰ると、神妙な面持ちのお母さんが待ち構えていた。

怒られることを察知した私は、恐る恐るソファーに座った。怪我をさせてしまったことを謝り、だけどわざとじゃないのだと経緯を説明した私に、お母さんは眉根を寄せて言った。

言い訳するんじゃない、どうして恵茉みたいにみんなと仲よくできないの？と。

今思えば、当時すでにお母さんは私に辟易していたのだろう。友達と喧嘩になったのは初めてじゃなかったのだ。そのたびにお母さんは相手の親に頭を下げる羽目になっていたのだから、嫌気が差すのも無理はない。

だけどまだ幼かった私は、お母さんが私の話を聞いてくれないことがただただショックだった。せり上がってくる涙を堪えながら、忙しなく動き続けるお母さんの口を見ていた。

のちに知ったことだけれど、私が怪我をさせてしまった彼とからかわれていた彼女は密かに両想いだったそうだ。密かにといってもお互い〝好き〟という言葉を伝えていなかっただけで、クラス公認の仲だった。

どうやら私は、彼女からすれば好きな人とのじゃれ合いを邪魔しただけだったらしい。そしてなぜか、私が実は彼のことが好きで、彼女に嫉妬してふたりの仲を裂こうとした、という根も葉もない噂が立った。

彼女が彼を好きだなんて知らなかった、なにも聞いていなかったと弁解した私に返ってきたのは、雰囲気でなんとなくわかるじゃん、という言葉だった。


〈速報です〉

テレビから聞こえた声に、はっと我に返る。

画面を見れば、淡々と原稿を読み上げていた女性キャスターが前のめりになって報じていた。

〈十七歳の少年が、殺人未遂の疑いで逮捕されました。調べによると――〉

どくん、と心臓が大きく跳ねる。

緊迫した空気が画面越しに伝わり、指先が震える。

見たくもないのに目が離せない。

〈加害者の少年は被害者の少年からいじめを受けていたと供述しており――しか

し学校側はいじめについて把握していなかったと――〉

ふいに女性キャスターの声が途切れ、動画配信サービスのホーム画面に切り替わった。

驚いて振り向けば、いつの間にか戻ってきたらしい亜実ちゃんが平然とした顔でリモコンを操作していた。

「え……なんで勝手に変えるの」

「ニュース観たかったの？」

「そういうわけじゃないけど……」

「最近はまってるドラマ、あと数話で終わるんだもん。気になってしょうがないから。茉優も一緒に観ようよ」

なんて勝手な人だ。観ていようが観ていなかろうが、チャンネルを変えるならひと言断るのが礼儀だろう。いくら部屋の主だからって。

「べつにいいけど……」

いい加減文句を言ってやろうと思ったのに、亜実ちゃんが「やったー」と嬉しそうに笑うからほだされてしまった。

亜実ちゃんはもともと底抜けに明るかったけれど、それにしてもやけにはしゃいでいる気がする。こんなに子供みたいな人だっただろうか。昔はまだそれなりにお姉ちゃん感があったのに。

ソファーに並んで座り、ネット配信のドラマを観る。知らない俳優ばかりだし途中からだと内容もわからないし、正直あまり面白くない。

「本読んでもいい？」

「つまんなかった？」

「うん。昭和の人には面白いの？」

「わたし平成生まれだけどね。まあ好きなの読みな」

立ち上がって私が使っている部屋に向かい、本棚を漁る。普段読書はほとんどしないけれど、テレビは亜実ちゃんが占領しているわけだし、漫画は旦那さんのものらしいから勝手に読むのは気が引けるし、スマホは触れない。今の私にとって暇つぶしになりそうなものが本しかないのだ。

意外と几帳面（きちょうめん）なところもあるらしく、作家名ごとに、しかも五十音順に並べられていた。

左上から順に見ても、かろうじてわかるのは東野圭吾と湊かなえくらいだ。小説を読んだことはないけれど、ドラマや映画は何度か観たことがある。一番多いのは〝薬丸岳〟という人の本だった。

「亜実ちゃんってこの人が好きなの？　やくまる……がく？」

「うん、一番好き」

「そうなんだ」

ずらりと並んでいる背表紙をひと通り見て、なんとなく気になった『Aではない君と』というタイトルの本を手にリビングへ戻った。

「なんでそれ……ちょっと待ってて」

好きなの読みなって言ったくせに、亜実ちゃんは私の手から本を取り上げて立ち上がる。本棚に向かうと、またすぐに戻ってきた。

「こっちにしな。お子ちゃまなんだから」

「お子ちゃまじゃないし」

渡されたのは、ザ・恋愛小説という感じのきらきらした表紙の本だ。

渋々受け取って、渋々開く。中身もザ・恋愛小説という感じのそれを流し読みしながら横目で亜実ちゃんを見れば、ドラマの続きが気になってしょうがないと言ったくせにスマホをいじっていた。

「ドラマ観ないの？」

「観てるよ？」

「ずっとスマホいじってるじゃん」

「スマホいじりながら観てるの。まあいいや。お腹空いたし敦志んとこ行こ」

たったの一話でドラマを消した亜実ちゃんは、立ち上がって伸びをした。

どこまでマイペースなんだこの人。

「そんなにご飯作りたくないの？　私簡単なものなら作れるけど」

「違うよ。敦志が来いって」

「嘘だ。めんどくさいだけでしょ」

「嘘じゃないっつの。ていうか、いいんだよなにもしなくて。掃除も助かったけどさ。たまにはなにも考えずにのんびりしてればいいんだよ」

亜実ちゃんはたまにじゃなく、いつものんびりしている気がする。

「亜実ちゃんって普段はご飯作ってるの？」

「平日は毎日作ってるよ。朝は作らないけど。わたし朝食は食べないし、そもそも起きれないし」

「でも、旦那さんは食べるんじゃないの？」

「旦那は独身時代からコンビニでパン買ってて、結婚してからもなんとなくそのままの流れでって感じ」

「そんなんで子供できたらどうするの」

「あはは。考えたこともなかった」

「結婚してるのに子供のこと考えないの？　亜実ちゃんってちょっと——」

変わってるよね、と言いかけたとき、『結婚』と『子供』というキーワードが脳内で膨らみ、ふいに幼い頃の記憶が甦った。

「結婚するつもりないって言ってたよね」

「え？」

「私が、イトコがほしいから早く結婚して子供産んでって言ったとき。覚えてる？」

「ああ……うん、覚えてるよ」

確か亜実ちゃんが転勤する少し前、私が小学校四年生くらいの頃だった。同い年のイトコがいる友達がいて、すごく仲がよさそうで羨ましくて、亜実ちゃんにねだったのだ。亜実ちゃんは当時まだ二十歳くらいだったけれど、小学生からすれば十分に大人だし、女の人は大人になるとみんな結婚して子供を産むのだと思い込んでいた。

だけど亜実ちゃんの返事は、『わたし結婚するつもりないからなあ』だった。

そういえばあのとき、亜実ちゃんは珍しく困った顔をしていた。

「したね、結婚」

「そうだねえ」

「したくなったの？」

「まあねえ」

干してあった服に着替えながら、どこかおぼろげに答える。

亜実ちゃんがこんな曖昧に受け答えするのは珍しい。

「なんで前は結婚するつもりなかったの？」

「まあ、若かったし」

「……そうなの？」

若いときの方が結婚に憧れるような気がするけれど。

やっぱり、亜実ちゃんは変わっている。

亜実ちゃんの寝坊やらドラマやら準備やらで、〈喫茶かぜはや〉に着く頃には十四時を過ぎていた。ランチタイムは終わっているのに、亜実ちゃんは図々しくもランチを注文する。敦志さんは慣れているのか、困った顔ひとつ見せずに「かしこまりました」と言った。まさか亜実ちゃんはいつもこんな迷惑行為をしているのだろうか。

「茉優は？　今日はお腹空いてる？」

亜実ちゃんに問われ、んん、とあやふやに返す。

今日のランチはローストビーフ丼らしい。なかなか重めだ。

「またパスタとかリゾットとかにする？」

「ううん。……私もローストビーフ丼にしようかな」

正直に言えば食べきれる自信は全然ない。だけど昨日のパスタが本当においしかったから、ローストビーフ丼も食べてみたくなったのだ。食べたい、という欲求を抱いたのは久しぶりだった。

「そっか。食べきれなかったらわたしが食べるから、無理しなくていいよ」

「うん。ありがとう」

「じゃあ、ローストビーフ丼ふたつ」

敦志さんはもう一度かしこまりましたと言って一旦下がり、すぐにランチセットがふたつ運ばれてきた。

箸を進める。ローストビーフもソースもやっぱりおいしくて、予想以上に食べることができた。だけど完食はできず、亜実ちゃんは宣言通り、私が残した分も平らげてくれた。

「茉優ちゃん、ケーキ食べられそう?」

空になった食器を下げに来た敦志さんが言った。

これだけご飯がおいしいなら、きっとケーキも絶品だろう。食べてみたいけれど、もうお腹がいっぱいだし残してばかりも申し訳ない。

「小さめに切って出そうか。もちろん無理しなくていいけど、うまいからよかったら食べてみてよ」

「あ……じゃあ、お願いします」

お言葉に甘えると、敦志さんは嬉しそうに微笑んだ。

しばらくして運ばれてきたのは、ガトーショコラとラテアートが施されたカフェラテがふたつ。亜実ちゃんのは複雑そうな薔薇(ばら)の模様なのに対し、私のは無難なハート。

「おいしい!」

形を崩すのがもったいなくて、唇を尖(とが)らせてちびちびと飲む。

カフェラテを置き、続けてガトーショコラもひと口食べてみる。

「ケーキもおいしいです! すんっごく!」

急に大興奮した私を見て、亜実ちゃんと敦志さんが目をまるくした。ふたりとの温度差に恥ずかしくなって身を縮める。

「すみません、なんか大声出しちゃって……。でもほんとにおいしいです。敦志さんってケーキも上手なんですね」

「ケーキ作ったのは俺じゃないよ」

「え？　でも……」

きょろきょろと店内を見渡してみても、やっぱり敦志さん以外に誰も見当たらない。

「おい朔、隠れてないで出てこい」

敦志さんが言うと、カウンターから朔がひょっこりと顔を出した。頭を掻きながら立ち上がり、なぜか目を泳がせている。

昨日の敦志さんと亜実ちゃんの会話を思い出し、今さら合点が行った。

「もしかして朔が作ったの？」

「まあ、あの、うん……」

「ちなみにラテアートもね」

敦志さんが補足すると、朔は顔を真っ赤にして敦志さんを睨んだ。

なにをそんなに恥ずかしがっているのかわからない。

「すんっごくおいしかったよ！　今まで食べた中で一番おいしかった！」

「あ、えっと、ありがとう、よかった」

「あれ、でも……」

朔は怪我をしているはずなのに。

見れば、朔の右手から包帯がなくなっていた。軽く握っているから手のひらは見えないけれど、もうほとんど治っているというのは本当だったのかもしれない。

大きな罪悪感が少し薄れ、ほっと胸を撫で下ろした。


なぜかまた敦志さんにおつかいを頼まれて、朔と並んでマンションとは逆方向に歩いていく。昨日と同じように、つき合わせてごめん、気にしないで、ごめん、ほんとに大丈夫だよ、のやり取りを繰り返した。

何度も謝るから、つい噴き出してしまった。

「ほんとにいいってば」

「あ……はは。俺しつこいな」

朔が笑うと、昨日からずっとまとわりついていた気まずい空気が和らいだ。

くすくすと笑いながらふいに目が合って、どちらからともなく足を止めた。

すると朔がぐるんと体を反転させて再び歩き出したから、私もあとを追った。

昨日は謝ることで頭がいっぱいだったけれど、改めて考えれば、今の状況が不思議でしょうがない。

「なんか、不思議だね」

「へっ？　なにが？」

「朔とこうして話してるの」

クラスメイトなのにほとんど話したことがないのは、学校での朔が無表情で無口だからだ。いつもひとりでいるし、笑うところも誰かと親しく喋るところも見たことがない。

正直ちょっととっつきにくそうな印象を持っていたけれど、全然そんなことなかった。むしろ雰囲気や声色が柔らかくて話しやすい。

「ほほ、ほんとだよね。……ごめん、なんか俺、ちょっと緊張してる」

「実は私も、ちょっと緊張してる。ねぇ、隣歩いてもいい？」

「ふぇっ？　あ、ああ、うん、どうぞ」

なぜか朔がうろたえるから、私もつられて「失礼します」と謎の返しをしてしまった。

歩くスピードをちょっとだけ速めて、昨日からずっと故意に空けていたふたり分のスペースを詰めた。

「そういえば俺、亜実さんに姪がいること知らなかったよ。しかも、ま、茉優だったなんて、すげぇ偶然だよね」

「私もびっくりした。敦志さんって朔の……」

お父さんなのかお兄さんなのか、はたまた親戚なのかわからない。どれを口にするべきか悩んでしまう。口ごもった私の迷いを察してくれたのか、朔が「父さんだよ」と言った。

亜実ちゃんよりちょっと歳上くらいに見えたけれど、もっと上なのかもしれない。

「そうなんだ。かっこいいね、敦志さん。優しいし」

「でしょ」

こっちを向いた朔は、嬉しそうに笑った。

お父さんのことを褒(ほ)められてこんなに素直に笑えるなんて、よっぽど仲がいいのだろう。ふたりのやり取りを見ていても微笑ましい。

私は今、お父さんとお母さんのことを誰かに褒めてもらえたとしても、きっとこんな風に笑えない。今思い浮かぶふたりの姿は、泣いているお母さんと困った顔で私に背中を向けるお父さんだ。

「……いいな」

つい本音がこぼれてしまい、慌てて口に手を当てた。

「ごめん、なんて言った？　聞こえなかった」

「ううん、なんでもない。かっこいいお父さんで羨ましいなって」

「そっか。ありがと」

今度は照れくさそうに笑って、また前を向いた。

ごく自然に微笑む朔を見れば見るほど、不思議に思う気持ちが増すばかりだ。

どうして朔は、学校では笑わず、誰とも接せずに過ごしているんだろう。

「あと、ケーキとラテアート褒めてくれてありがとう。すっげえ嬉しかった」

「私こそありがとう。敦志さんが作ったと思ってたから、びっくりしちゃった」

「あっちゃんがさ、けっこう厳しくて、お客さんに出せるレベルじゃないって言うんだよ。だからまだ亜実さんと旦那さんと、あっちゃんの友達にしか食べてもらったことなくて。だから茉優が食べてくれたとき、実はすっげえ緊張してた。

今までで一番おいしかったって言ってくれたときなんか、ちょっと泣きそうだったし」

「そうだったんだ。朔って器用なんだね。私ケーキ作ったことないし、ラテアートなんてもっとできないよ」

「昔からケーキ作りはけっこう得意でさ。調理実習とか張りきっちゃって。まあ男のくせにキモイって言われてたけどね」

「そんなわけないじゃん。私趣味も特技もなんにもないから羨ましい。それに、ほんとにほんとにおいしかったよ」

「ありがと。ほんと嬉しい。自信ついた」

心からケーキ作りが好きなのだろう。朔は無邪気に笑いながら、その目はしっかりと未来に向けられているように見えた。

それはつまり、大事な手を傷つけてしまったことになる。

ごめん、と言いかけてやめた。謝ってばかりだと、今度は朔に罪悪感を抱かせてしまうかもしれないし、せっかく和やかにしてくれた空気を壊してしまう。

代わりの言葉はすぐに見つかった。

もうひとつ、朔に言わなければいけないことがある。

「あのね、朔」

「ん？」

「あのとき、庇ってくれてありがとう」

振り向いた朔は、眉を下げた。

一度俯いて、顔を上げて、穏やかに微笑んだ。

「うん、ごめんよりずっといい」

何度謝罪をしても足りないけれど、それ以上に、何度感謝を伝えても足りない。

朔がいなければ、私は停学処分じゃ済まなかったのだから。

◇◇◇

「大丈夫。落ち着いてるよ」

表向きは――という言葉は呑み込んだ。

それからしばらく話して電話を切り、ひとつため息をついた。

茉優がこの家に来てから、姉とはほぼ毎日電話で話している。茉優の様子が心配で気が気じゃないのだろう。母親なのだから当然だと思うが、一日や二日でそう変化が起こるはずもない。

姉にはなるべく夜遅い時間に電話をするよう頼んでいる。必ず事前にひと言メッセージを入れてほしい、とも。

わたしが姉と毎日連絡を取っていることを茉優が知ったら、あまりいい気はしないだろう。裏でこそこそ繋がっているだとか悪い方向に捉えられたら、余計に茉優の心を乱してしまうかもしれない。保身といってもいい。わたしにまで心を閉ざしてしまったら、もう手の施しようがない。

こんなことを言っても理解してもらえないだろう。私は母親なんだから、が姉の口癖だ。だから姉と話すときはかなり神経を遣うので少し疲れる。

下手なことを言って、あの日のようにパニックを起こされたら困るからだ。

「――茉優が、クラスの子を刺そうとしたの」

姉から電話が来たのは約一か月前、九月の始まりの深夜だった。

2
静穏と傷痕

「は……？　嘘でしょ？」

「こんな嘘ついてどうするの⁉」

電話越しでも、狼狽(ろうばい)している姉を想像するのは容易だった。

「どういうこと？　なにがあったの？」

姉は泣いており、しばらく要領を得ない言葉を嗚咽(おえつ)と共に漏らしていた。ひとまずいつも通り慰(なぐさ)め役に徹し、二時間弱にわたる長電話を切ってから、情報量が多すぎてやや混乱している頭を整理していく。

クラスの子、というのは、茉優が親しくしていた女子生徒だそうだ。

彼女いわく、学年集会をサボるため教室に残っていたところ、なぜか茉優が来て鉢合(はちあ)わせた。そして『最近茉優とあんまりうまくいってなかったからちゃんと話し合おうと思ったのに、話してるうちにちょっと喧嘩になっちゃって、そしたら茉優が急にキレて、カッターで刺されそうになった』と涙ながらに主張している。

未遂で済んだのは、忘れ物を取りに教室へ戻った同じクラスの男子生徒がたまたまその場に遭遇(そうぐう)したからだ。彼は『楠木さんがカッターを持っていることに驚いて、危ないと思いとっさに手を出してしまった』と説明している。ただし掴んだ場所が刃の部分だったため、三針縫うほどの大怪我を負った。

茉優は固く口を閉ざしており、教師がどれだけ問いただしても、カッターを向けた理由はおろか教室に戻った理由すら語ろうとしない。

退学処分、あるいは傷害罪になるかもしれないと最悪の事態をも覚悟したが、相手の女子生徒が怪我を負っていないこと、そして唯一現場を見た第三者である男子生徒が『ただカッターを持っていただけで、刺そうとなんかしていなかった』『この怪我は自分がドジを踏んだだけ』と主張していることにより、停学処分で済んだ。

整理を終え、ふう、と息をついて天を仰いだ。

どれだけ考えても、どうしても腑に落ちなかった。

目を閉じて茉優のことを考えれば、一番に思い浮かぶのは屈託（くったく）のない笑顔だ。叔母の欲目（よくめ）もあるかもしれないが、根本的には明るく優しい子だと思っている。姉がこんな質（たち）の悪い嘘をつくはずがないと頭ではわかっていても、とても信じられなかった。

2 静穏と傷痕

二度目に電話が来たのは、二週間ほど前の深夜のことだ。

姉は前回同様に嗚咽を漏らしながら、その後のことをわたしに説明した。
茉優が口を閉ざしたままなこと。停学期間が明けても登校せず、それどころか心までも閉ざして部屋からほとんど出てこないこと。そしてついさっき、茉優が部屋を出ていたときに私物を確認していたところ、戻ってきた茉優と口論になり姉の心も折れてしまったこと。

ひと通り話を聞いたとき、思ってもみなかった台詞が口を衝いて出た。

「しばらく、うちで預かろうか」

「預かる、って……どうして？」

「環境を変えてみるのもいいんじゃないかと思って。もちろん、茉優がいいならだけど」

姉の話を聞いている限り、ただ待っていれば解決するとは思えない。うちに来たからといって状況を好転させる自信もないが。

ただ——自分が学生だった頃を思い出してしまったのだ。

そして姉は茉優に、わたしは夫に相談し、お互いの承諾を得て今に至る。

＊

買い物から帰ると、茉優がソファーで眠っていた。夜はあまり眠れていないのだから、日中眠くなるのは当然だろう。

すやすやと寝息を立てている茉優を見ていたら、ふいにあくびがこぼれた。わたしも眠気が限界に近づいている。少し横になろうかと思ったとき、茉優が寝返りを打った。その拍子にTシャツの袖から二の腕が覗いた瞬間、思わず息を呑んだ。

日中はまだ暑いというのに、茉優はずっと薄手のパーカーを羽織っている。気になっていたが訊くことはしなかった。なんとなく察していたからだ。

その推測が、たった今確信に変わった。

——茉優が、クラスの子を刺そうとしたの。

何度でも考える。

本当にそうだったのだろうか、と。

学年集会の最中だったため、現場にいたのは当事者だけ。しかも未遂で終わっている。だからといって許されることではないが、客観的に見れば、刺そうとしたことが事実か否かは誰にもわからないのだ。

カッターを握っていた、茉優本人にしか。

どちらにしろ、わたしが知りたいのはただひとつ。

茉優の身になにが起きたのか、だ。

茉優がこの家に来てから過ごした数日間で、この子を信じたいという思いがより強くなっている。これもまた叔母の欲目かもしれないが、茉優がちょっと口論になったくらいで友達を刺そうとするとは思えないのだ。

そんな願望の域を出なかった気持ちをあと押ししてくれたのは朔の様子だった。

つい昨日わかったことだが、例の男子生徒とは朔だった。

姉にあの日の話を聞いた直後から、朔が右手に包帯を巻いていることは気になっていた。とはいえ偶然がすぎるし、まさかな、と思っていたが〈喫茶かぜはや〉で顔を合わせたふたりの様子を見て確信した。ふたりがおつかいへ行った隙に敦志に確認すると、やはりそうだった。

2 静穏と傷痕

朔は怪我を負ってからしばらくコップを持つことさえできなかった。ケーキなど作れるはずもない。

それほどの大怪我をさせられたというのに、朔の態度はとても茉優を恨んでいるように見えない。むしろ好意さえ感じる。

だからこそ、思う。

もしも、刺そうとしたのが事実だとしたら。

そうせざるを得ないほどのなにかが茉優の身に起きていたのかもしれない、と。

考えてすぐに、ひとつの可能性にたどり着いていた。

「おかえり」

薄く目を開けた茉優が呟いて、わたしははっと我に返る。

ただいま、と返すよりも先に、茉優は再び目を閉じた。

ほとんど寝言みたいなものだろう。なんだか幼い頃の茉優を思い出してしまい、ふ、と笑いがこぼれた。

——しばらく、うちで預かろうか。

たかが一週間やそこらで状況が好転するわけでも、なにかが解決するわけでも、茉優の傷が癒えるわけでもない。わかってはいたが、たとえ束の間でも現実から目を背けられる時間を与えてあげたかった。

寝室からタオルケットを持ってきて茉優にかけ、布越しにそっと茉優の肩を撫でた。

この子の心の傷は、いったいどれほど深く刻まれているのだろう。

3 後悔と記憶

高校に入学したとき、同じクラスに知り合いはひとりもいなかった。同じ高校に進学した友達は何人かいたけれど、全員クラスが離れてしまったのだ。

だから、隣の席だった怜南が話しかけてくれたときはほっとしたし嬉しかった。

「はじめまして。あたし、稲田怜南」

「あ、はじめまして。楠木茉優です」

「どこの中学？」

「西中だよ」

「うちのクラスにいないよね。あたしも仲よかった子たちとクラス離れちゃってさあ。よかったら友達になろうよ！」

波長が合うというのはこういうことなのだと思った。

怜南は可愛くて明るくてお喋りで、毎日お腹を抱えて笑ってしまうくらい楽しい日々を過ごしていた。

まるで昔からずっと一緒にいたみたいに怜南といることに違和感がなくて、みんなにも同じ中学出身だと思われるほどだった。親友と呼べる存在になるまで時間はかからなかった。

3

後悔と記憶

「あたし、こんな風に女の子の親友ができると思わなかった」

出会って二か月が過ぎた初夏の放課後、カラオケでひと通り好きな曲を歌ったあとにふと訪れた静寂の中で、怜南がぽつりと呟いた。

「なんていうか、女同士のべたべたした友情？みたいなの、すごい苦手で。ずっと一緒に行動したり、べつに用事があるわけでもないのに毎日連絡取り合ったり、全然好みじゃないのにお揃(そろ)いのもの持ったり、全部めんどくさいんだよね。でも、茉優はそういうのないからつき合いやすいっていうか。一緒にいて楽しいし」

「私もだよ。あんまり、女の子とうまくつき合えなくて」

「そうなの？　なんか意外。茉優可愛いし明るいし、友達多そうなのに」

少し悩んで、今まで誰にも打ち明けられなかった中学時代の話をした。

すると怜南は、怪訝(けげん)そうな顔で首をひねった。

「それ、茉優は悪くなくない？」

「んー……そのときは正直すごいむかついたけど、今思えば、確かに私も無神経だったかもって……。トイレも教室移動も、ひと声かけるとかシノが戻ってくるまでちょっと待つとか、それくらいはするべきだったんだよ。クラス会のことだって、先に言っとけばあんなことにならなかったのかなって思うんだ。隠してたみたいに思われちゃったのかも」

「そんなことで怒る方がおかしいよ。しかも仲間増やしていじめるとかまじでありえない。一軍女子と仲よくなって調子に乗っちゃったんじゃない？　あたし嫌いだなーそういうの。それに、友達だからって無理に全部合わせる必要ないじゃん。ほんと女ってめんどくさいよね」

共感してくれたことが、私の味方をしてくれたことが嬉しくて、心にかかっていたストッパーが外れた私は濁流のような勢いで一気に悩みを吐き出した。

孤立してしまったのはあのときが初めてではないこと。妹ばかり可愛がるお母さんのこと。なぜ自分が人とうまく関われないのかわからないこと。――どこにも居場所がないような気がして、寂しかったこと。

「あたしは茉優のこと大好きだけどな」

「え？」

「ほんと、一緒にいてこんなに楽なのも楽しいって思えるのも茉優が初めてだから。あたしは茉優とならずっと友達でいられそうな気がする。単に友達とも親とも相性悪かっただけじゃない？　そんな気にすることないよ」

言葉を紡ぐことができない私を見て、怜南は満面の笑みを見せた。

「よし、歌おう！　めちゃめちゃ盛り上がる曲！」

曲を入れた怜南は、テーブルに置いていたマイクを二本持って立ち上がり、片方を私に向けた。

込み上げた涙を堪えながら受け取り、私たちは声がかれるまで馬鹿みたいに歌ってはしゃぎ続けた。


「茉優！　あたし彼氏できた！」

怜南から報告を受けたのは、夏休みが明けた日のことだった。

「ええ!?　おめでとう！　宗像くんだよね？」

声のトーンを下げて確認すると、怜南は大きく何度も頷いた。

宗像くんは、怜南が前々から気になると言っていた同じクラスの男の子だ。明るくて外見が派手だから学年全体で見てもかなり目立っている。怜南いわくめちゃめちゃモテるらしい。

さらに彼は、同じクラスのミカちゃんとナナミちゃんという、これまた派手で可愛い女の子たちと仲がいい。

だから怜南は自信がないと弱音を吐いていたけれど、いつからか宗像くんがよく話しかけてくれるようになって距離が縮まり、連絡を取ったりたまに遊ぶようになっていた。

「実は一昨日ふたりで遊んで、つき合ってほしいって言われちゃいましたー！　ほんとはすぐ報告したかったんだけど、茉優には絶対に直接言いたいなと思って！」

「そっかあ。本当におめでとう。初彼だよね？」

「うん！　実は、告られるまですっごい不安だったんだあ。……ムネは茉優が好きなのかなって思ってたから。茉優可愛いし」

「なに言ってるの？　そんなわけないじゃん」

「自覚ないところが罪なんだよ茉優は。あーでもよかった！　ほんっと嬉しい！　幸せ！」

可愛いなあと思う。同時に、ほんのりと寂しさも覚えた。毎日のように私と一緒にいてくれたけれど、これからはそうもいかないだろう。ちょっとだけ複雑な心地になりながらも、幸せそうに笑っている怜南を見ていると嬉しさの方が断然勝った。

予想通り、怜南は昼休みや放課後を宗像くんと過ごすことが増えた。宗像くんと予定が合わない日や休み時間は私といてくれたけれど、今までみたいにたわいもない話で笑い合うことはほぼなくなり、宗像くんの話が大半を占めるようになった。

もちろん聞いてあげたい。だけど、なかなかついていけないというのが本音でもあった。

私は恋愛経験がゼロだ。彼氏どころか好きな人ができたことすら一度もない。だからどんどん怜南の話についていけなくなっていった。怜南も怜南で、恋バナにまるで乗ってこない私に戸惑っているようだった。

夏休みが明けて一か月が過ぎたある日、登校すると怜南の目が真っ赤だった。

「怜南、目赤いよ。どうしたの？」

「昨日ムネから急にメッセージ返ってこなくなって。ずっと待ってたら朝方になっちゃってた。寝不足で死んじゃいそうだよー」

怜南が恋バナにまるで乗ってこない私に戸惑っているように、私も宗像くんとつき合い始めてからの怜南に戸惑っていた。

——ずっと一緒に行動したり、べつに用事があるわけでもないのに毎日連絡取り合ったり、全然好みじゃないのにお揃いのもの持ったり、全部めんどくさいんだよね。

そう言っていたはずの怜南は、宗像くんと見事に〝めんどくさいこと〟をコンプリートしていた。

「そういうの、苦手だって言ってなかったっけ?」

「そういうのって?」

「毎日連絡取り合ったりするの、とか」

「え……友達とは、って話でしょ。普通に友達と彼氏は違うじゃん」

どう違うのか、私にはわからなかった。

怜南は項垂(うなだ)れるように机に突っ伏した。

「ムネってほんとモテるから、毎日不安なの。メッセージ返ってこないだけで、もしかしたら他の女の子と遊んでるんじゃないかーとか、他に好きな子できちゃうんじゃないかーとか。あたしとムネって全然釣り合ってないんだもん」

「大丈夫だよ。怜南は可愛いし、彼女なんだから、自信持っていいと思う」

「自信なんか持てないよ」

「でも……そんなの疲れない？」

ただ、怜南を励ましたかった。

彼女になってもなお、むしろ片想いのとき以上に弱音ばかり吐いている怜南が心配だった。

「……恋愛ってそういうもんじゃん」

くぐもった声で呟いた怜南に、どういうもんなの、なんて返せるはずがなかった。

重い沈黙に居心地の悪さを感じていると、怜南がぱっと顔を上げた。怒らせてしまったかと思っていた私は、怜南が笑っていたことに心底ほっとした。

「ねえ、茉優も彼氏作れば？　毎日楽しいよ。あたし早く茉優と恋バナしたいなー。好きな人とかいないの？」

「あ……うん、べつに。私そういうのよくわからなくて」

「えぇーもったいない。茉優がその気になれば彼氏なんかすぐできるのに。クラスの男子も、けっこう茉優のこと可愛いって言ってるよ？」

「嘘だあ。そんなの言われたことないもん」

「ほんとだって。ねえ、茉優ってメイク薄いよね。髪もいつも下ろしてるし。もっとメイクしたり髪型変えたりしてみれば？」

「でも私あんまり器用じゃないし……」

「んー例えば、ササキとかウエダとかは？　あと……あ、ムネにいい感じの男の子いないか訊いてみよっか。他校にも友達いっぱいいるし、頼めば集めてくれるかも」

私を置いて話が加速していく。

好きな人も彼氏も、ほしいなんてひと言も言っていないのに。

「好きな人って無理に作るもんじゃないよね？　そもそも恋愛ってあんまり興味ないかも。ほんと、私はそういうのいいから」

3 後悔と記憶

「……そっか」

今思えば、私はたぶん気づいていた。

こんな返しをするたび、怜南の顔が曇(くも)っていることに。

それに気づかないふりをしてフォローのひとつも口にしなかったのは、本心だったからだ。

なにより、

――友達だからって無理に全部合わせる必要ないじゃん。

怜南ならわかってくれると、信じていた。


怜南は宗像くんとつき合い始めてからミカちゃんやナナミちゃんと仲よくなり、それに比例してどんどん外見が派手になっていった。黒かった髪を明るく染めて、薄かったメイクが濃くなり、シャツのボタンを開けて胸元を露出(ろしゅつ)し、スカートは下着が見えそうなほど短い。入学したての頃の面影はどこにもなかった。

怜南を介して私も彼女たちと話すようになり、秋が深まる頃には四人グループになった。話題はもっぱら彼氏のノロケと愚痴(ぐち)。怜南は存分に恋バナができて嬉しいのだろう、いつも楽しそうに笑っていた。

怜南がなぜ彼女たちといるようになったのか、今ならわかる。

恋バナに乗ってこない私といるのがつまらなくなったのだと。

ミカちゃんとナナミちゃんは相当モテるらしく、ごく短期間で彼氏ができたり別れたりを繰り返していた。ただでさえ恋バナが得意ではない私がついていけるはずもなく、疎外感を抱きながら毎日を過ごしていた。

冬が訪れようとしていたある日、ミカちゃんが他校の彼氏に振られて落ち込んでいた。みんな輪になって彼女を囲み、それぞれ慰めの言葉を口にしていく。

するとミカちゃんは、違うの、と呟いた。

「振られたことももちろんきついんだけど……もう新しい彼女できたっぽいんだよね」

ミカちゃんに同調するように悲しそうな顔をしていた怜南とナナミちゃんが、途端に目を吊り上げた。

「なにそれ。誰かに聞いたの？」

「ううん。インスタ見たら、女の子との写真載せてたから」

3 後悔と記憶

「は？　なにそれ、ひどくない？　ありえないんだけど」

「浮気か二股してたってこと？　クズじゃん」

　つい一分前まで優しい言葉を発していたふたりの口から、今度は元彼を罵倒する言葉が次々に飛び交う。

「ねえ、最低だよね。茉優もそう思うでしょ？」

　ずっと黙っていた私に、怜南が言った。

　慰めも怒りもしなかったのは、そもそもなぜ落ち込んでいるのかわからなかったからだ。

「つき合ったとき、お互い遊びだって言ってなかったっけ？」

　元彼とのことは、馴れ初めからすべて知っている。彼氏がほしかったときに彼女がほしいイケメンと知り合い、軽いノリでつき合ったはずだった。いつの間にそんなに好きになっていたのだろう。

「最初は遊びのつもりだったけど……一緒にいるうちに、本気で好きになっちゃったの」

「そうだったんだ。でも、インスタのフォローは外した方がいいんじゃない？」

「フォローはもう外してるけど……」

「そうなの？　じゃあなんで見るの？」

「なんでって……気になるからに決まってるじゃん」

「もう見ない方がいいよ。嫌な思いするだけだし。それに、ミカちゃんならまたすぐに彼氏できるよ」

瞬時に空気が変わったのを肌で感じた。

三人の視線がゆっくりと私に向く。今の今まで元彼に向けられていた怒りが、今度は私に向けられたのだと察した。

畏縮（いしゅく）している私にナナミちゃんが言った。

「茉優にはわかんないかもしんないけど、そんな簡単なことじゃないんだよ。ていうか、なんで元彼の味方してんの？　ミカは遊ばれたの。最低だよ。それに、普通友達が傷ついてたら慰めてあげるでしょ？　なんで責めるようなこと言うの？」

――普通、友達が怒ってたら理由訊くよね？

かつてシノに言われた台詞が脳内に響く。

当時と今では状況が全然違うのに、二種類の〝普通はこうする〟が重なった。むしろ初めて言われたときよりもショックだった。べつの人に同じことを二度言われると、やはり自分が間違っていたのだと思い知らされる。

「……ごめん」

元彼の肩を持ったつもりはない。ただ励ましたかった。

だけど三人の鋭い視線を浴びた私は、そう小さくこぼすことしかできなかった。

私は普通じゃないのだろうか。普通ってなんなんだろう。

＊

ふあ～あ、と大きなあくびをしながら、昼頃に亜実ちゃんが起きてきた。居候生活が始まってから、毎日同じような時間に同じような光景を見ている。もはや小言を言う気も失せた。

亜実ちゃんはずっと眠そうだ。そういえばロングスリーパーだとかいって、昔からよく寝る人だったっけ。

私が幼い頃も、なんか眠くなってきた～とか遊んでいる最中に突然言い出して、私はまだ遊びたかったのに、茉優も一緒に寝ようよ～とか言って無理やり布団に引きずり込まれた記憶がある。

最終的には、亜実ちゃんの腕の中で私もぐっすり眠ってしまっていたけれど。

「今日どうする？　たまには出かけちゃう？」

「敦志さんのとこ？　毎日行ってるじゃん」

「違うって。観光スポットでも行ってデートしようってつってんの」

「なんにもないのに？」

「車で行けばそれなりにあるから」

亜実ちゃんいわく、山に囲まれているこの市にも一応観光スポットがあるらしい。私はインドア派でもアウトドア派でもないけれど、さすがにずっと家の中にいるのは暇だし出かけたい気持ちはある。

だけど……。

「さて、どこ行きたい？」

「そんなの訊かれてもわかんないよ」

3 後悔と記憶

「スマホでちょっと調べてみればいいじゃん」

「持ってきてないってば」

「わたしのでいいから」

亜実ちゃんのスマホを渡されて、適当に単語を入力して検索をかける。

すると、

「いや、やっぱ海でも行こっか」

亜実ちゃんはまるで名案を思いついたみたいに笑った。

「海？　なんで？　なんかあるの？」

「べつになんにもないけど。ぼーっと海でも眺めたい気分だなと思って」

観光スポットに行こうって言ったのは誰だ。

よくわからないけれど、亜実ちゃんらしいといえば亜実ちゃんらしい。騒がしい亜実ちゃんがぼーっと海を眺める姿はいまいちしっくりこないにしろ、話の流れをぶった切ってころっと意見を変えるところが。

突っ込みどころが満載なのに、私は今日は素直に頷いた。

「なんか話してよ。楽しい話か怖い話がいい」

車で五分ほど走った頃、亜実ちゃんが唐突に言った。なんだその無茶ぶり。

これからぼーっと海でも眺めようとしている人の発言じゃない気がする。

「楽しい話ならわかるけど、なんで怖い話？」

「夏といえばホラーじゃん」

「もう秋だけどね。ええー……じゃあ、亜実ちゃんっていつもあんな時間まで寝てるの？」

「休みの日はね」

「着替えもしないでソファーでだらだらしてご飯も作らないでだらだらして、旦那さん怒らないの？」

「好きなだけわたしの悪口言っていいなんて言ったっけ？」

けっこうな憎まれ口を叩いても、亜実ちゃんは怒るどころか笑っている。

昔は生意気だとよく怒られた気がするけれど、ずいぶんまるくなったみたいだ。

一応変わったところもあるらしい。

「うちの旦那様はそんな器の小さい男じゃありません。優しくて心が広い世界一

3

後悔と記憶

素敵な旦那様です」

「ずいぶん仲がよろしいことで」

亜実ちゃんは「うふふ」とわざとらしく声に出し、去年の結婚式と同じくらい幸せそうに微笑んだ。

私の記憶が正しければ、亜実ちゃんは恋多き女だった。彼氏がころころ変わって、たまに彼氏の話をされても、もはやどの彼氏かわからないくらい。だからこそ結婚するつもりがないと言われたのが印象に残ったのだ。

もしかしたら亜実ちゃんは、熱しやすく冷めやすいタイプなのかもしれない。

「亜実ちゃんが旦那さんのことが大好きだったからだ」

「なにが?」

「結婚する気になったの。この人と一生一緒にいたいって思うくらい好きになっちゃったんでしょ?」

「うん……まあ、それもなくはないけど。大好きっていうか、愛してる」

ちょっとからかうつもりだったのに、亜実ちゃんは恥ずかしげもなく堂々と言いきった。

まさかはっきりと、しかも上乗せして返ってくるとは。

友達なら微笑ましいその台詞も、相手が血縁者だと無性に恥ずかしい。

「よく私の前でそういうこと言えるね……」

「なんで？　べつに誰の前でも言えるけど。ちなみに旦那にも言うよ」

「恥ずかしくないの？」

「わたし、その恥ずかしいってのがよくわかんないんだけど。なにが恥ずかしいの？　伝えなきゃ伝わらないじゃん」

なんともさっぱりしている。

「茉優は彼氏にそういうこと言わないの？」

「私は……わかんない。彼氏いたことないし……好きな人すらできたことないから」

——茉優も早く恋した方がいいよ。

中学の頃から、何度そう言われてきたかわからない。どうしたら恋ができるのかわからなかったけれど、みんな当たり前に経験していることなのだから、私もいつか自然と恋をするのだろうと楽観的に考えていた。だけど、どうしても、ド

3 後悔と記憶

キドキするだとかキュンとするだとか会いたいだとか、みんなが言うその感覚がわからないのだ。

ただでさえそうだったのに、今となっては恋愛に対してちょっとした恐怖すら芽生えていた。

恋愛は、簡単に人を変えてしまう。

「おかしいよね。十七にもなって、まだ恋したことないんだよ。みんな当たり前みたいに誰かを好きになるのに。……だから友達といても話に入れなくて、なんかどんどん、取り残されていくような気がして……でも、どうしたらいいかわからなかった」

半分ほど開けている窓から、爽やかな風に乗って潮の香りがふわりと流れ込んだ。

ドライブをするのは初めてじゃないのに、家族で出かけるときと全然違う。今まで感じたことのない、なんとなく不思議な心地だった。普段は口に出せないようなことも言えてしまう。

「おかしくないし、どうもしなくていいんだよ。べつに恋愛がすべてじゃないんだから」

「説得力ないよ？　亜実ちゃん彼氏ころころ変わってたじゃん」

「その言い方は語弊があるけど。彼氏がいてもみんなの話になんか入れなかったよ。四六時中連絡取り合ってたいとか毎日会いたいとかずっと一緒にいたいとか、わたしにはよくわかんなかった。嫉妬されるのも嫌いだったな。わたしはしないし、したいとも思わない。恋愛に限ったことじゃないけど」

亜実ちゃんはハンドルを握ったまま前を向いていた。

いつものおちゃらけた表情でも話し方でもなく、真剣な表情で落ち着いた声音だった。

「信用されてない気がして悲しいとか、そういうこと？」

「どうなんだろ。自分でもわかんないけど。いくら恋人でも夫婦でも、相手を縛る権利なんかなくない？って感じかな」

「旦那さんでも嫌なの？」

「嫌だね。そういう人だったら結婚してない。わがままなんだよ、わたし」

「わがままじゃ……ないと思う」

亜実ちゃんは私を横目で見て、「ありがと」と微笑んだ。

本心であり、さっき亜実ちゃんが『おかしくない』と言ってくれたことへのお礼であり、自分のためでもある言葉だった。

断言はできないものの、私はたぶん亜実ちゃん派な気がするし、そうでありたいと思う。それはつまり、いつか恋ができたとしてもみんなが言う〝普通〟にはなれないのだろう、という寂寥感があることも否めない。

だけど、それ以上にほっとしていた。

恋愛をしても変わらない人もいるんだ。

「そういう人もいるんだね」

「いろんな人がいるよ」

私の話を否定せずに諭してくれた亜実ちゃんを見て、ふと思い出した。

小三の夏にクラスの男の子に怪我をさせてしまったとき、お母さんに叱られている最中に仕事帰りの亜実ちゃんが現れた。お母さんから事情を聞いた亜実ちゃんは、怒るどころか笑ったのだ。

――男の子と喧嘩して勝ったの？　かっこいいじゃん、茉優！

亜実ちゃんはぽかんとしている私の頭をくしゃくしゃと撫でた。その後亜実ちゃんまでお説教を食らう羽目になってしまったけれど、私は嬉しかった。忙しなく動くお母さんの口を見ながら堪えていた涙は、どこかへ行ってしまった。

あのときだけじゃない。私がお母さんに叱られるたび、亜実ちゃんはお母さんを宥めてくれた。

まあまあ、そんな怒んなくてもいいじゃん、なんて笑いながら。

「もう着くよ」

亜実ちゃんが言うと同時に車が減速する。

駐車場に車を停めて、途中のコンビニで買った飲み物を手に車を降りた。季節外れの海にはサーフボードを持っている人が何人かいるだけ。寂しいほどに静かすぎる海は、今の私にはありがたかった。

亜実ちゃんは本当に眺めたかっただけなのか、海に近づくことなく階段に腰かけて、缶コーヒーのプルタブをぷしゅっと開けた。

「そういえば、さっきの話どういう意味？　恋愛に限ったことじゃないって」

「え？　なんだっけ？」

3

後悔と記憶

「嫉妬とかの話」

「ああ。友達同士でも似たようなのない？　例えばわたしに親友がいるとするじゃん。他の子と仲よくしてたら機嫌損ねられたり、誰が一番仲いいかでマウント取り合ったり」

記憶の奥底で、不明瞭だったなにかが形を成していく。

考えてみれば、シノが誰かの悪口を言うときは決まった流れがあった。

――なに話してたの？　すごい楽しそうだったけど。

私がシノ以外の子と話したあと、シノは必ずそう訊いてきた。そして、必ずその子の悪口を言った。あれはいわゆる嫉妬だったのだろうか。

だとしたら、今ならなんとなく気持ちがわかる。怜南が宗像くんとつき合い始めたとき、宗像くんの話ばかりするようになったとき、ミカちゃんやナナミちゃんと仲よくなったとき、私は確かに寂しかった。

私は、怜南のことが大好きだった。

「ねえ、亜実ちゃん。もし、信じてた親友に……」

裏切られたら、と言いかけて、なにか違うような気がした私はべつの言葉を探した。

「その……傷つくこと言われたり、ひどいことされたりしたら、どうする？」

缶コーヒーを口に運ぼうとしていた亜実ちゃんの手が止まる。

やや間を置いて再び手を動かした亜実ちゃんは、ひと口飲んでから言った。

「どうするって？」

「えっと……仲直りするとかしないとか……許すとか、許さないとか」

「なにを言われたのか、なにをされたのか、度合いによるけど。それは、絶対に許せないようなこと？」

「……わからない」

否応なしに、あの日の記憶がじわじわと甦る。

思い出したいわけがなかった。だけど同じくらい、答えを求めていた。

胸の内を口にすればするほど、心の奥底に沈んでいる大きな氷の塊が溶けていくような心地になる。

氷が溶けきれば、いずれ答えが見つかるような気がした。

「許せないって思ったら許さない」

3 後悔と記憶

「でも……親友なのに」

「一回親友になったら一生そうでなきゃいけないなんてことはないよ」

もしかしたら、中学生のときの私もそう思っていたのかもしれない。

だから、友達を簡単に手放した。

シノの言い分が理解できなくて、納得できなくて、わかり合えないと判断して、諦めて、自分の気持ちをひとつも言わずに、楽しかった思い出もすべてあっさりと捨てた。私は向き合うことをせずに逃げてしまったのだ。

だけど、あのときの選択は正しかったのだろうか？

きっと、正しくはなかった。だからこそ、怜南とどんなに話が合わなくなっても、どれだけ疎外感を抱いても、怜南のそばにいた。もう逃げたくなかったし、怜南を信じたかったし、なにより怜南を失いたくなかった。

――あの日まで、ずっとそう思っていた。

「わたしね、高校のとき友達いなかったの」

「亜美ちゃんが？　嘘でしょ？」

「わたしの性格で女子社会に溶け込めると思う？　この超適当で協調性の欠片も

ないわたしが」

決して明るい話題じゃないのに、亜実ちゃんはなんてことなさそうに笑いながら膝を伸ばした。

「でも……たくさんいたじゃん。うろ覚えだけど、亜実ちゃんの友達に遊んでもらったこととかあったよね？」

「正確に言えば、最初の方はいたんだけどね。まあころころ変わってたのは彼氏だけじゃなかったってことだよ」

意外だった。亜実ちゃんはいつも楽しそうにしていた記憶しかないのに。

「わたしはそもそもグループとか得意じゃなかったし、トイレも教室移動もなんでずっと同じ人と一緒にいなきゃだめなのかわかんなかった。急に仲よくなったり悪くなったり、そういうのも面倒だったし。だから自分の好きなように行動してたら、気づけば誰もいなくなってた」

自嘲気味に笑うと、手に持っていた缶コーヒーを傾けて飲み干した。

空になったそれを両手で包むように持ち、ふうっと息をこぼす。

「嫉妬とかの話もそうだけど、べつにそういうのを否定するわけじゃないよ。ただわたしにはわからなかった。学校みたいな閉鎖空間の中だと、わたしみたいなのはちょっとした異常者じゃん。嫌がらせされたこともあったし、むかついて喧嘩になったこともあったりして、まあまあ苦い青春時代だったわけ。だから……あんまり好きじゃなかったな、学校」

今まで聞いたことのない、想像さえしていなかった亜実ちゃんの苦い過去。

今の自分とリンクして、苦しくて、少しでも気を緩めたら泣いてしまいそうだった。

「亜実ちゃんは……許さなかったの？」

「そうだね。しばらくしてから謝られたけど、わたしは許せないって言った」

「……絶対に許せないようなことだったんだ」

「嫌がらせ自体は大したことなかったけど、わたしの場合は、嫌がらせされたことが許せないっていうより、そういうことする人たちと一緒にいたくないって思っちゃったんだよね。また面倒なことに巻き込まれるくらいなら、ひとりでいた方がましかもって」

相槌さえ忘れてしまうほど、亜実ちゃんの横顔に見入っていた。

「正解だったとは思ってないよ。もちろんわたしにも悪いところはあったし、お互い謝って喧嘩両成敗にするのが一番いいのもわかってた。だけど、不正解だったとしても、わたしは謝るのも許すのも嫌だったし、無理に一緒にいたら自分のこと嫌いになっちゃいそうだったから。今でも後悔してない」

こっちを向いた亜実ちゃんは、歯を見せてにっと悪戯っぽく笑った。

その笑顔に翳りはなく、後悔していないのが嘘じゃないのだとわかる。

「なんか前置き長くなっちゃったけど。許すか許さないかなんて自分で決めていいんだよ。正しくなくても、いつか後悔するとしても、今の自分の心を守る判断をしていいの」

ずっと亜実ちゃんに向けていた視線を海へ向けた。

たったの数日ですっかり秋らしくなった爽やかな青い空。

太陽の光が海面に反射して、きらきらと輝いていた。

「亜実ちゃんは強いね。なんか、かっこいい」

「あの頃はべつに強くなかったし、全然かっこよくもないよ。強がってたけど、今思えば怖かった。わたしの高校生活終わったなーと思ったし、喧嘩になったときだって、もしかしたら膝がくがくだったかも」

亜実ちゃんは冗談めかして笑う。私は笑えなかった。

今の私には、その状況があまりにもリアルに想像できてしまう。

「亜実ちゃんは、強いよ。私は……全然、そういう風に、笑えない」

これからもずっとこのままだったらどうしよう。

そう考えると、怖くてどうしようもなくなる。

「わたしが強くなれたのは、自分の力じゃないんだよ」

「どういうこと？」

「不思議なことに、こんなわたしでも丸ごと受け入れてくれる人がいたんだよね。なにがあっても信じてくれて、信じさせてくれるの。そういう人がたったひとりいるってだけで、びっくりするくらい強くなれるんだよ」

ああ、そうか。なんとなくわかった気がする。

亜実ちゃんが全然変わっていない理由も、変わった理由も。

「それが旦那さんだったんだね」

亜実ちゃんは、とびきりの笑顔を見せた。

私はまた笑える日が来るのだろうか。

私もいつか、そういう人に出会えるのだろうか。

もう一度、誰かを信じられる日が来るのだろうか。

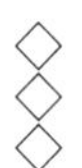

「亜実が今から来るって」

「ほんと仲いいね」

「あ、違った。茉優ちゃん来るって」

「……るせ」

「いいねえ、青春って」

にやにやと笑うあっちゃんに、小声で「うるせえよ」と返した。お客さんの前では爽やかなイケメンマスターを気取っているが、俺の前ではこうして子供っぽいことを言ったりしたりするし、同年代とあまり変わらない。

いらないことに勘づいたらしいあっちゃんは、最近ずっとこの調子である。

3 後悔と記憶

無駄におつかいに行かせるのもあっちゃんのお節介(せっかい)だ。とはいえ文句は言わない。なぜならそのアシストがなければ、茉優とふたりで話すことなどできないのだ。我ながら情けない。

ランチタイムが終わったばかりの店内は、俺とあっちゃんだけだった。今日は市内の観光スポットでイベントがあるらしく、日曜にしては客足が少ない。あっちゃんが淹(い)れてくれたコーヒーを飲み干して、亜実さんの定位置となっている一番奥の窓側のテーブルを念入りに、これでもかというほど念入りに拭く。

茉優と亜実さんはすぐに来て、ランチセットとケーキセットを注文した。オムライスをふたつ運び、カウンターから茉優が食べている姿をちらちら見る。

我ながらちょっと気持ち悪いが、どうしても心配だった。初めて店に来た日、茉優は少なめに作ったパスタを半分以上残したとあっちゃんに聞いたからだ。だけど今日は普通サイズのオムライスを半分以上食べて、小さめに切ったレアチーズケーキも完食してくれた。

多少食欲が戻ったからといって、茉優の心が回復したわけじゃないだろう。それでも嬉しかった。顔色も少しずつよくなっているし、笑顔も自然になってきている。

ほっと息をついて、楽しそうに話している茉優と亜実さんの姿を眺めた。

その後も来店はなく、俺とあっちゃんも二杯目のコーヒーを淹れて、しばらく四人で談笑していた。

三十分ほど経った頃、カランカラン、と鈴の音が店内に響いた。

「こんにちはー。入ってもいいですか？」

「どうぞ。いらっしゃい」

あっちゃんが言うと、三人の女子がぞろぞろと店内に入ってきた。いらっしゃいませ、と準備した言葉を出すよりもわずかに早く、先頭に立っている女子を視界に捉えて絶句した。

稲田怜南だ。茉優と一番仲がよかった女子で——。

とっさにトイレの方を見た。不幸中の幸いか茉優はトイレに行ったばかりだが、戻ってきたら鉢合わせてしまう。トイレは出入口から離れた奥まったところに位置しているため、ここからじゃ茉優が出てきてもすぐにはわからない。

確か稲田たちの地元はこの辺りじゃないはずだが、今日は大きなイベントがある。高校生が訪れるのは不思議じゃない。

とはいえ、なぜよりによってこの三人が、よりによってこの店にたどり着いてしまったのか。

「え、待って！　超イケメン！」

稲田の後ろにいた女子が、あっちゃんを指さして悲鳴といってもいいくらい甲高い声を上げた。他のふたりも「ほんとだ！」「やっば！」などと騒ぎ出し、キャーキャーと盛り上がる。

「あれ？……風早じゃない？」

こっちを向いた稲田が、あっちゃんの後ろで硬直している俺を指さした。

「エプロンしてるじゃん。ここでバイトしてるの？」

「いや……」

「え、じゃあなに？」

「そういえば、お店の名前『かぜはや』だったよね。もしかして親戚？」

「きょうだいとか？」

「それはないでしょ。全然似てないし」

矢継ぎ早に考察を続ける稲田たちに、あっちゃんが「親子だよ」と答えた。

目をひん剥いた三人は俺を見て、と思ったらまたあっちゃんを見て、俺を見て、を何度か繰り返し、「親子……？」「全然似てないけど……」と懐疑心をあらわにしながら呟いた。

飽きるほど言われてきた台詞だった。

触れられたくない部分を無遠慮に突かれるのは不愉快であり胸が痛まないと言えば嘘になるが、今はそんなことどうでもいい。

この店には、茉優がいる。

あの日見た光景が脳裏をよぎる。まるで人形のように、すべての感情が抜け落ちてしまったかのように、完全なる無表情で呆然と立ち尽くしている茉優の姿。

そして、恐怖に満ちた顔であとずさる稲田の姿。

俺は茉優と稲田の間になにが起きたのかを知らない。だけど、会わせてはいけないということだけは間違いなかった。茉優が稲田と対面して冷静でいられるとは思えないし、稲田だって茉優を許していないだろう。女子ふたりも稲田を擁護するために、茉優を追い詰めるような言葉を投げるかもしれない。

かといって、なんて言えばいいのか、どうしたらいいのかわからない。ここはあっちゃんの店であり、稲田たちは客だ。

思考を巡らせているうちに、稲田たちが歩き出した。

焦燥に駆られる。あっちゃんはいつも通り、お好きな席にどうぞ、と言うだろう。稲田たちが席に着けば注文を訊いて、調理に取りかかる。そうこうしているうちに、茉優が戻ってきてしまう。

――あんたなんか死ねばいい！

もしもあの日と同じことが起きたら――。

拳を握って、固唾を呑んだ。

あっちゃん、ごめん！

「悪いんだけど、今日は帰って」

俺の言葉に足を止めた三人は目を点にした。

「え？　なんで？」

「なんでも。とにかく今日は帰ってほしい」

うまい言い訳が思いつくほど今の俺は冷静じゃなかった。

三人はあからさまに顔をしかめた。

とにかく帰ってくれ、ともう一度言おうとしたとき、

「せっかく来てくれたのに申し訳ないんだけど、今日はもう店閉めるんだ。ごめんね」

俺を含めた全員が一斉にあっちゃんを見て「へ？」と声を揃えた。

「え……さっきどうぞーとか言ってましたよね？」

「あはは、ごめんごめん。このあと用事あるの忘れてて。朔、覚えててくれてありがとな」

後ろを向いたあっちゃんは、呆気に取られている俺に微笑みかける。

「はいはい、出てった出てった」

あっちゃんが両手で払う仕草をすると、稲田たちは不服そうな顔で外に出ていった。ガラスドアの向こうで看板を凝視している。そこには思いっきり〈営業時間11時〜20時〉と書いてあるのだ。そしてドア越しに俺を睨みつけて「ありえないんだけど」「むかつく」などと捨て台詞を吐きながら去っていった。

3 後悔と記憶

稲田たちが店から遠ざかったことを確認すると、あっちゃんはドアを開けて、〈OPEN〉になっているプレートを裏返して〈CLOSE〉にした。

たとえ店内にお客さんがいなくても、今まで一度も営業を中断したことはない。

俺の異変を察して追い出してくれたのだ。

「あっちゃん……」

ありがとう、と俺が言うよりやや早く、

「茉優が戻ってこない」

トイレの方を見て亜実さんが呟いた。

いくら出入口から離れている奥まった位置でも、それほど広くないこの店では稲田たちの声が聞こえていただろう。もういなくなったこともわかっているはずだ。なのに茉優は姿を見せない。

胸騒ぎ(むなさわ)がしてトイレへ向かう。

「茉優？」

声をかけても、ノックをしても反応がない。開けるよ、と断ってからドアを開けると、茉優は手洗い場に座り込んでいた。両手で首を押さえ、肩を激しく上下させている。

「茉優！」

とっさに叫び、茉優の隣にしゃがんで背中をさする。

後ろからあっちゃんと亜実さんも駆けつけた。亜実さんは慌てて茉優の隣にしゃがんで肩を抱いた。

「茉優、大丈夫⁉」

俺と亜実さんが声をかけても茉優は答えられるはずもなく、荒い呼吸を繰り返しながらかぶりを振る。

「敦志、ごめん、救急車……」

「過呼吸だよ」

あっちゃんが言うと、亜実さんは茉優の肩に添えた手に力を込めた。

俺を見上げた茉優の顔は真っ青で、見ていられないほど苦痛に歪んでいた。

苦しい、助けて、と悲痛な叫びが伝わってくる。

首を押さえている茉優の手に、そっと自分の手を重ねた。

「大丈夫だよ、茉優。ゆっくり息吐いて」

3

後悔と記憶

背中をさすりながら、なるべくゆったりとした口調で声をかける。

茉優はぼろぼろと涙を流しながら、小刻みにかぶりを振る。

「茉優、大丈夫だから。ちょっとずつ、ゆっくり息吐いて」

何度も同じように声をかけた。

次第に茉優の呼吸が落ち着き、俺たちは安堵の息をついた。

だけど、今にも壊れそうなほど震えている茉優に、大丈夫か、なんて言葉は、誰もかけられなかった。


茉優をいつもの席に座らせて、亜実さんは向かいではなく隣に座った。あっちゃんはグラスに水を注いでテーブルに置き、厨房（ちゅうぼう）へ戻っていく。茉優のそばにいるか逡巡（しゅんじゅん）したが、今は亜実さんに任せた方がいいと判断してあっちゃんのあとに続いた。

日が傾き始める頃には、茉優は落ち着きを取り戻していた。それを見計らった亜実さんが茉優に「帰ろっか」と声をかける。小さく頷いた茉優の肩を抱き、席を立った。

「じゃあ、わたしたち帰るね。……なんか、いろいろごめん」

「いいよ。気をつけてな。茉優ちゃんも、よかったらまたいつでもおいで」

茉優は薄く微笑んだ。

ふたりが俺たちに背中を向けて歩き出す。亜実さんに肩を抱かれて歩く茉優の後ろ姿が、あの日の光景と重なった。担任をはじめ数人の教師たちに囲まれて歩いていく、茉優の姿。

俺は無意識に、あの日動かせなかった手を伸ばしていた。

茉優に届かなかった手は、空気を掴んだだけだった。

俺は、このままで、いいのだろうか。

なにもできない、嘘つきな自分のままで。

あの日、忘れ物を取りに行ったなんて嘘だった。

茉優の異変に気づけなかったなんて嘘だった。

茉優の様子がおかしいことくらい気づいていた。いつからかはっきりとは覚えていないが、稲田たちと一緒にいるときの茉優が浮かない顔をしていたことも、夏休み前から茉優が孤立していたことも。だって俺は、ずっと茉優を見ていた。

3 後悔と記憶

入学式の日に再会してから、ずっと。

だからあの日、胸騒ぎがして教室に戻ったのだ。

俺は、茉優の異変を察してからも声をかけることができなかった。話しかけるのが恥ずかしくて、なにを言えばいいのかわからなくて、下手に接して嫌われるのが嫌で、拒絶されることが怖くて。だから、自分の情けなさを〝気づいていない〟に変換してしまった。

俺はまた、あの日のように茉優の後ろ姿を見送ることしかできないのだろうか。

茉優がまた現れる日をただ待っているだけでいいのだろうか。

「ちょっと待って」

ドアハンドルに手をかけた亜実さんの動きが止まる。

ふたり同時に振り向いて、不思議そうに俺を見た。

「茉優、ちょっと、話さない？……ほんと、ちょっとだけでいいから」

茉優は俺を見たまま立ち尽くしている。亜実さんは戸惑いながら、心配そうな面持ちで茉優を見た。

いくら体が多少落ち着いたとしても、どう考えても今は誘うタイミングじゃない。今日は帰ってゆっくり休んだ方がいい。そんなこと、ちゃんとわかっている。だけど、どうしても、今、茉優と話したかった。

なにが恥ずかしいだ。なにが、わからない、嫌われたくない、怖いだ。

そんなのクソ食らえだろ。

——すぐ帰ってくるから。いってきます。

目の前にいる人が——大切な人が、ある日突然いなくなる。当たり前だと思っていた日常が、なんの前触れもなしに、いとも簡単に壊れる。俺はそれを痛いほど知っているのに。

またあんな思いをするくらいなら——茉優がいなくなるくらいなら、自分が傷つくことくらい屁でもないだろ。

「いや……話そう。俺、茉優と話したい。今、話したいんだ」

俺を不思議そうに見ていた茉優は、小さく頷いた。

近所の公園のベンチに並んで座った。

俺たち以外に誰もいない公園には、風の音だけが静かに聞こえていた。

「ごめん、なんか無理に誘っちゃって」

「ううん、大丈夫だよ。それより、さっきはありがとう。……過呼吸なんて初めてなったから、びっくりしちゃった」

思いのほか落ち着いた茉優の声音に安堵する。

「朔ってすごいね。対処法知ってるなんて」

「昔、俺もなったことあったから。あっちゃんがああしてくれたの思い出して、真似（まね）しただけ」

「そうだったんだ。……敦志さん、優しいよね」

茉優は呟いて、視線を地面に落とした。

俺は、夕日に照らされた茉優の横顔を見ていた。

「考えてみたら、敦志さんは全部知ってるんだよね。あの日うちの親に連絡が行ったってことは、敦志さんもそうだっただろうし。先生から説明受けてるはずだもん」

「うん。たぶん知ってると思う」

あの日俺はすぐに病院へ連れていかれて、付き添ってくれた担任があっちゃんに連絡し、すぐに駆けつけてくれた。あっちゃんが来たとき俺は別室で治療中だったから、ふたりがなにを話したのか知らないが、説明を受けたはずだ。

だけどあっちゃんは怪我の心配をするだけでなにも言わなかったし、なにも訊いてこなかった。この怪我はただのドジだと訴える俺に、わかったとだけ言ってくれた。

あっちゃんはいつもそうだ。

無理に聞き出そうとしたことなんか一度もない。

「朔に怪我させたのが私だってこと知ってたのに、優しく接してくれてたんだよね。さっきだって、たぶんだけど、私のためにお店閉めてくれたんだよね。すっごく申し訳ないけど……正直、すっごく助かった。さすが朔のお父さんだね」

「本当の父さんじゃないけどね」

「え？」

「叔父なんだ。といっても、血の繋がりはないけど」

顔を上げた茉優は目を見張った。

生い立ちを誰かに話すのは初めてだ。こんな話を聞かせていいのかわからない

3 後悔と記憶

し、うまく説明できるかもわからない。

　だけど、茉優に話したかった。

「本当の父さんのことは、ほとんど覚えてないんだ。俺が三歳の頃に離婚して、俺は母さんに引き取られた。それから一度も会ってない」

　たまにふと思い出す幼少期の記憶にも、母さんが遺(のこ)してくれた数少ない写真にも、父さんの気配はまったくない。

　母さんの口からも、父さんの話を聞いたことはなかった。たぶんあまりいい人ではなかったのだろうと今は思う。

　だから、俺にとっての〝父さん〟は。

「それからしばらく母さんとふたりで暮らしてたけど、俺が小学校に上がる前に再婚したんだ。その人の弟があっちゃんだった」

　最初に父さんを紹介されたとき、母さんは会社の同僚だと言った。なぜ会社の人を俺に紹介するのか疑問に思いつつ、三人で母さんの作ったご飯を食べた。その後も定期的に三人でご飯を食べて、たまに出かけるようになった。

　人見知りがすさまじい俺を母さんは心配していたが、自分でも信じられないほど父さんになついた。恋人とまではわからなかったが、母さんにとって特別な相手なのだろうと子供ながらに感じ取っていたし、父さんといるときの母さんが幸せそうだったからだ。俺自身、父さんの優しくて穏やかな人柄に、無意識のうちに惹(ひ)かれたのかもしれない。

――朔くんのお父さんになりたいんだ。

そう言われたときも、俺は迷わず頷いた。父さんと家族になれることが素直に嬉しかった。なぜか号泣している母さんを見て、俺と父さんは一緒に大笑いした。そして母さんは再婚し、俺たちは父さんが住んでいたマンションに引っ越した。

母さんが作ったご飯を三人で食べて、休日は家でのんびりゲームをしたり映画を観たり、たまに動物園や遊園地に出かける。運動会や学芸会では、父さんも母さんも張りきって写真を撮りまくる。頑張ったね、すごかったよ、かっこよかったよ、と毎回言ってくれたが、運動会のリレーはビリだし学芸会の劇は木の役だったし、微塵(みじん)も活躍していないのだから、まったくもってすごくもかっこよくもない。だけどふたりがあまりにも嬉しそうに笑うから、なんだか俺まで嬉しくなってしまった。

3 後悔と記憶

父さんと一緒に風呂に入れば、お湯がぬるくなるまで散々はしゃいだ挙げ句、脱衣所をびしょびしょに濡らして母さんに怒られる。おとなしく説教を受け入れているふりをしながら、俯いている俺と父さんは顔を見合わせてにっと笑う。それすら母さんにばれてさらなる雷を落とされ、だけど最終的には母さんまで笑い出し、三人で腹がよじれるくらい笑い転げてしまうのだ。

きっと、端から見ればごく普通の家庭だっただろう。

だけど俺にとっては、信じられないほど穏やかで優しくて、幸せな日々だった。

「でも、父さんと母さんは、俺が小三の秋に……事故で死んじゃって」

いつもとなんら変わりない、ただ雨が降っていただけの日だった。

夕方から雨足が強くなり、出がけに傘を持っていかなかった父さんを母さんが駅まで迎えにいくと言った。一緒に来るかと訊かれたが、ゲームの続きをしたかった俺は留守番してると答えた。

それが最後の会話になるなんて、夢にも思わずに。

――じゃあ、いい子で待っててね。すぐ帰ってくるから。いってきます。

いつものように微笑んで、いつもと同じ台詞を残して出かけた母さんは、二度と帰ってこなかった。居眠り運転の大型トラックが歩道に突っ込み、父さんと母さんは即死だったそうだ。

「それで、一旦父さんの親戚に引き取られたんだけど……その、ちょっと、いろいろあって、一年くらい親戚の家を転々としてて」

いくら親戚でも、ほんの数回しか会ったことがない大人たちは、俺にとって他人でしかなかった。それは向こうも同じだったのだろう。さらに愛想の欠片もなく喋りもせずまるでなつかない俺に、大人たちはただただ困惑するばかりだった。

今なら、血縁関係すらない子供を引き取り育てるのは容易ではなかっただろうと思えるが、当時はそんな事情を理解できるはずもなかった。

どこを見渡しても真っ黒で、薄汚くて、なにもかもが怖かった。

大人なんか、誰ひとり信用できなかった。

そして困り果てた大人たちの口から、『施設』という言葉が出るようになった頃。

「これからどうなるんだろうって、正直すげえ不安になってたときに、あっちゃんが急に言ってくれたんだ。俺んとこ来るか、って」

あっちゃんは、唯一頻繁に会っていた親戚だった。父さんと仲がよくてしょっちゅう家に遊びに来ていたし、親戚の家を転々としていたときも、何度も会いに来てくれた。

だからといって、俺を引き取る理由になるとは到底思えない。当時あっちゃんはまだ二十五歳だったのだ。

だけど俺は、差し出されたその手を迷わず握った。

——朔くんのお父さんになりたいんだ。

あっちゃんの手が、表情が、声音が、父さんにそっくりだったからだ。

話し終えると、視界から母さんと父さんの笑顔がふっと消えた代わりに地面が映った。

母さんと父さんとあっちゃんの手の感触が消えてしまいそうな気がして、いつの間にか握っていた拳に力を込めた。

「話してくれてありがとう。朔が優しい理由、わかった気がする。お母さんとお父さんと敦志さんに、たくさんたくさん愛されてきたからなんだね」

視線を上げると、茉優は淡く微笑んでいた。

「その……正直びっくりしちゃったけど。お父さんとお母さんのこともそうだし、まさか敦志さんと血が繋がってないなんて思わなかったから。若いなあとは思ってたけど、そっくりなんだもん」

「いや似てないでしょ。実際、似てないって散々言われてきたし」

「そっくりだよ。なんていうか、雰囲気なのかな？　あと笑った顔とか声のトーンとか。うまく言えないんだけど。とにかく、親子か兄弟にしか見えないよ」

おそらく茉優は本心をなにげなく言っているのだろうが、俺は胸の奥がじんわりと温まるような心地になっていた。

やはり俺を救ってくれた日の茉優と、なにひとつ変わっていない。

そして忘れている。

本当の親子じゃないことは茉優も知っているはずなのだ。

「初めて話した日のこと覚えてる？　小学五年の、授業参観の日」

「え？　小学五年って……」

「俺ら小学校も同じだったんだよ。あっちゃんに引き取られたタイミングで転入して、五年のときに同じクラスになったんだ。つっても俺はすぐに転校したから、同じクラスだったのは数か月だけだし、まともに話したことすらなかったけど」

茉優はクラスの中心にいるタイプで、俺はいわゆる陰キャだった。忘れられているのも仕方がない。

それでも、たった一度だけ世界が交わったような瞬間がある。ほんの二、三分程度だったが、その一瞬の出来事は、俺にとっては忘れることのできない、大切な記憶だ。

3 後悔と記憶

あっちゃんと暮らし始めて半年くらいが経った、小五の春。

俺はあっちゃんに授業参観があると言えなかった。来てほしいのかほしくないのか自分でもよくわからなかったし、あっちゃんは当時会社員だったから平日に仕事を抜けるなんて無理だろうと思っていた。それに、観にくるのはほとんど母親だ。あっちゃんだって、ひとりだけ男だったら気まずいだろうと子供ながらに気を遣ったような気もする。

なのに参観日当日、なぜかあっちゃんがいた。

今思えば単にプリントを見て知っていたのだろうが、隠しているつもりだった俺は目玉が飛び出そうなほど驚いたことを覚えている。授業後にあっちゃんと話したときも、申し訳なくて、どこか気まずくて、だけど嬉しかった。

「さっき来てたの、風早の兄ちゃん?」

昼休みにそう言ってきたのは、ガキ大将タイプの男子だった。

鼓動が速まり、こめかみと背中に冷や汗が伝う。

俯くことしかできずにいると、ひとりふたりと人数が増えていき、俺はあっという間に囲まれた。

「父さん……だけど」

机に向けて呟く。

「え、全然似てなくね?」

「ほんとに父ちゃん?」

「つーか母ちゃんは?」

「おまえもしかして親に捨てられたの?」

俺が否定しないのを肯定と捉えたのか、どっと笑いが巻き起こった。

3 後悔と記憶

「どうりで全然似てないと思った」

「こいつにあんなかっこいい父ちゃんなんかいるわけねえよな」

「こんな暗い子供だったら、そりゃ捨てたくもなるだろ」

クラスメイトたちはそいつに便乗して俺をからかった。普段から喋りも笑いもせずにずっとひとりでいた俺は、幼さゆえの残酷（ざんこく）な悪意を向けるには格好の餌食（えじき）だったのだろう。

両親は事故死なのだから、捨てられたわけじゃない。だけど、きっぱりと否定することはできなかった。

俺が血縁関係のない父さん側の親戚に引き取られたのは、母さん側の親戚も、そして実の父親も、俺の引き取りを拒否したからだ。

頭上から次々と降りかかってくる悪意に、俺は俯いたまま無反応を貫いていた。じわじわと込み上げてくる嗚咽も、体の奥底からせり上がってくる叫びも、すべてを吐き出しそうになったとき。

「いい加減にしなよ」

興奮しきったクラスメイトたちの声で塗（まみ）れた教室の中でも、その声はひときわよく通った。

驚いて、頑なに下げていた顔を上げる。教室の中心で友達に囲まれていた茉優は、座ったまま真っ直ぐにこっちを見ていた。

「だって、こいつ親に捨てられたんだよ」

「なんで決めつけるの？　あんたらが勝手に騒いだだけで、風早くんそんなことひと言も言ってないじゃん」

「けど、ほんとの父ちゃんじゃないのは絶対そうだって。全然似てねえし」

「だったらなんなの？」

あれだけ騒々しかった教室が瞬時に静まる。

誰も言い返せずに口をつぐんで目を泳がせた。

俺は、茉優から目が離せなかった。

「それに、そっくりだったじゃん」

「はあ？　どこが？」

「なんか、雰囲気かな？　さっき話してたときも、笑った顔もそっくりだったもん」

「おまえ目おかしいんじゃねえの？」

「私はそう思ったって言ってるの。ていうか、風早くんの話聞こうともしないで勝手に妄想していじめみたいなことして、くだらないよあんたたち」

そう吐き捨てた茉優は俺の方を向いて、

「お父さん、かっこいいね！」

弾けるような笑顔を見せた。

それだけだった。たったそれだけで、喉までせり上がっていた嗚咽も叫びもどこかへ流れていった。

茉優とはそのあと関わることはなかったが、俺は茉優がくれた言葉と笑顔を決して忘れなかった。


茉優は目をまんまるにしていた。

やはり覚えていないのだろう。

「というわけで、実は入学式のとき、はじめましてじゃなかったんだよ。でもまあ――」

3 後悔と記憶

「覚えてる」

表情を変えないまま茉優が言った。

「覚えてるよ。ごめん、名前は忘れちゃってたけど……。あのあとすぐに転校しちゃったから」

今度は俺が目をまるくする番だった。

ずっと、忘れられていると思っていたのに。

それはそれでよかった。茉優にとっては取るに足らない、きっと記憶にも残らないほど些細な出来事で、つまり俺を庇ったり救ったりするために考えて言ったわけではなく、場の空気に流されずただ本心を口にしただけ。そう思っていたからだ。

だからこそ、素直に嬉しかった。

だけど、覚えていてくれたことはもっと嬉しかった。

「その年の秋に、あっちゃんから店開きたいんだけどって言われて転校したんだ。中途半端な時期だったし、卒業まで待つかせめて年度末まで待つかって訊かれたけど、今すぐに引っ越したいって言った」

3 後悔と記憶

あっちゃんに引っ越しと転校を提案されたとき、俺はただただほっとした。

「……逃げたんだ、俺。もうあの学校にいたくなかった。授業参観のあとから陰でからかわれるようになって、すげえ……嫌で。あっちゃんには言ってなかったけど、たぶん気づいてたんだと思う」

「そうだったんだ……。敦志さんは、朔を守るために居場所を作ってくれたんだね」

「うん。あっちゃんはなにも言わないけど、俺もそうだと思ってる。だから感謝してもしきれないし、いつかちゃんと恩返ししたいとも思ってるよ」

店を開くと言ったとき、サラリーマンは飽きただの性に合わないだのと冗談めかして言っていたが、おそらく嘘だ。

両親と過ごし、ある日突然失い、学校ではいじめられた。あっちゃんはあの場所から俺を逃がしてくれたのではないだろうか。そして、できる限り俺のそばにいられるようにしてくれたのではないだろうか。

「朔はすごいね。人からの悪意とか敵意とか、マイナスなものを全部吸収して、優しさに変換しちゃったんだね」

「べつに優しさで言い返さなかったわけじゃないよ。俺はただ、人の弱みにつけ込むような奴らにエネルギー使いたくなかっただけで」

「小学生のときじゃなくて、今の朔のことだよ。だってあのとき……私のこと庇ってくれたでしょ？」

茉優は橙に染まった空を見上げた。

「私ね、思うんだ。人って、人からの悪意や敵意を浴びたら、それを相手に跳ね返したり他の誰かにぶつけて発散するか、優しさに変換するか、どっちかなんじゃないかって。朔は後者を選んだんだよ。私は……前者を選んじゃった」

あの日の光景が脳裏をかすめる。

カッターを頭上に掲げた、茉優の姿が。

「庇ったわけじゃないよ。俺はほんとのことを言っただけ」

茉優は答えなかった。だから俺も、それ以上話すことはしなかった。

手に傷を負ったときはあまりの痛さに危うく泣きそうだったが、後悔していない。止めに入らなければ取り返しのつかないことになっていたのは間違いないはずだった。手の痛みなどとは比べものにならない、とてつもない後悔を背負うことになっていただろう。

最悪の場合、こうして茉優と話せることは二度となかったかもしれない。

もっともそれは、俺の勘が当たっていればの話だが。


夕日がゆっくりと西に沈んでいく。街灯にぽつぽつと明かりが灯(とも)っていく。

どちらからともなくベンチから立ち上がった。

「茉優はいつ家に帰るの?」

「とりあえず秋休みの間だけお世話になる予定だったから、ほんとは今日帰らなきゃいけなかったんだけど……」

茉優は口を結んで俯いた。

心に負った傷は、簡単には癒えない。俺自身、それをよく知っている。

どう声をかけるべきか悩んでいると、茉優はぱっと顔を上げて笑った。

「まあ、そのうち帰るよ。ここもなんか居心地よくなってきたし、亜実ちゃんも旦那さんが出張で寂しそうだし――」

「笑わなくていいよ」

下手くそに笑う茉優を見て、その言葉が口を衝いて出た。

ぎこちなく上がっていた茉優の口角が下がる。

「もう、無理して笑わなくていいんだよ」

——いい加減にしなよ。

茉優は俺を助けてくれたのに、俺は茉優の異変を見て見ぬふりをした。

稲田たちといるとき、茉優はずっと薄く微笑んでいたから、べつに大丈夫だろうと軽く考えていた。

あんなの、茉優の本当の笑顔じゃないことを知っていたのに。

俺は、茉優の本当の笑顔を知っているのに。

——お父さん、かっこいいね!

一点の曇りもない、周囲を明るく照らすような、茉優の笑顔を。

「ほんとに楽しくて、ほんとに嬉しいときに笑えばいいんだ。俺は……茉優の本当の笑顔だけを見たい」

俺はヒーローじゃないから、茉優みたいにかっこよく場を収めることはできない。だけど、声をかけることくらいできたはずだった。話を聞くことくらい、そばにいることくらい、簡単にできたはずだった。

俺はもう、逃げたくない。

もう二度と、茉優をひとりにしたくない。

「あのさ、やっぱり連絡先教えてほしい。とりあえずIDだけでも教えといてよ」

顔が真っ赤になっている自覚はあった。幸いずいぶんと薄暗くなっているし、茉優にはばれないだろう。

秋休みが明けても茉優は登校しないかもしれない。きっと家に帰れば店に来る頻度もぐっと減る。もう来ない可能性だって十分にある。俺はSNSをやっていないし、連絡先を訊いておかなければ茉優との接点がなくなってしまうかもしれない。

「すぐに連絡してってわけじゃなくて。ちょっと誰かと話したいなーとか、ちょっと愚痴聞いてほしいなーとか、……きついこと思い出しちゃったとき、とか。なんでもいいから、俺絶対に聞くから、連絡してくれたら嬉しい。俺もするし」

茉優は迷うように瞳を揺らして俯いた。

上昇していた血液が、さーっと引いていく。

「あ、でも、嫌だったら――」

「本当は」茉優はポケットからスマホを取り出した。

「持ってきてるの。でも……電源すら入れてなくて」

黒い画面に、茉優の沈んだ顔が映った。

なぜ茉優がそうしているのか、俺にはわからない。

気にならないと言えば嘘になる。スマホの電源を入れていない理由も、今まで茉優の身になにが起きていたのかも、あの日の全貌も。

だけど、こればかりは無理に聞き出すわけにいかない。

口に出すことで楽になることもあれば、余計に辛くなることもある。

「交換しよう。私でよければ」

なにも訊けないままIDを交換し、店に戻った。

夜、自室に入ってすぐに茉優とのトーク画面を開いた。とりあえずスタンプだけ送ろうと思ったが、味気ないし返信が来なかったら嫌なので、悩みに悩んだ末ひと言だけ打って送信した。

いつか、茉優に届いてくれますように。

3 後悔と記憶

4

絶望と希望

ミカちゃんが失恋してからしばらくの間は恋バナを控えていたけれど、再びミカちゃんに新しい彼氏ができてからは復活し、今まで以上に勢いが増した。そんな三人の話を聞いて、意見を求められ、思ったことを言えば空気が一変する、というようなことは相変わらずちょくちょくあった。だから下手なことを言わないよう心がけ、だけどそうすればするほど居心地の悪さが膨れ上がっていくばかりだった。

「茉優ってなんで彼氏作んないの？」

珍しく怜南がいない朝の教室で、ミカちゃんとナナミちゃんが恋バナで盛り上がっていたとき、聞き役に徹していた私にナナミちゃんが言った。

「私そういうのよくわからなくて」

「ふーん、変なの。ていうか茉優って顔は可愛いのに地味なんだよね。スカート長いし髪も黒いし、メイクも薄いし」

「でもさあ、意外とそういう子の方が男ウケいいんだよねー。男ってなんだかんだおとなしい子が好きなのかな。ヤマトナデシコ的な？　ムネだって最初は茉優狙いだったし」

4 絶望と希望

「ミカ！」

ナナミちゃんに制されたミカちゃんは、慌てて両手で口を覆った。ふたりは教室を見渡し、まだ怜南が登校していないことを確認すると、顔を見合わせてにやりと笑った。

「もうぶっちゃけちゃうけどさ、ムネってもともと茉優狙いだったのね。でも茉優は全然男に興味なさそうだし、しかも明らかに怜南が俺に気あるしどうしよーとか言ってて」

「そうそう。だからとりあえず怜南とつき合ったけど、やっぱ茉優の方がタイプなんだよなーって未だに言ってんの」

「まあ怜南もだいぶましになったけどね。ムネとつき合いたての頃とか地味すぎてやばかったもん。でもやっぱ顔ってメイクだけじゃごまかしきれないんだよねー。しかも怜南ってメイク下手だから、ただ濃いだけでなんか変だし」

「無理しちゃってる感が出まくりなんだよね。ムネに釣り合うように頑張ってるんだろうけどさ、そもそも質が違うんだからどうにもなんないっていうか。健気すぎて見てて可哀想になってくるし、たまに痛々しい――」

「やめなよ」

苛立ちをそのまま声にして、ふたりを見据えた。

「ていうか、やめて。怜南の悪口なんか聞きたくない」

ふたりはぽかんとしながら顔を見合わせて、今度は目を伏せた。

「あ……はは。ごめんごめん」

ふたりは乾いた笑いをこぼして、私の前から去っていった。


「三宅(みやけ)と仲よかったっけ？」

冬休み明けの朝、クラスの女の子と話し終えた直後にちょうど登校してきたナナミちゃんが言った。

「仲は……よくはないけど。ただ、なんの漫画読んでるの？って訊いただけだよ。私も漫画好きだから、面白いなら読んでみようかなって」

「ずっと思ってたけど、そういうのやめた方がいいよ」

「うん、もうやめる。ちょっと迷惑がられた気がするし。邪魔しちゃったかも」

「そうじゃなくて！」

4

絶望と希望

声を荒らげたナナミちゃんは露骨に眉根を寄せた。

「うちらみたいなのが三宅みたいなのに話しかけるのって、あんまりよくないっていうか。そういうのって暗黙のルールじゃん。偽善っぽいし。うちらだってあえて関わらないようにしてるんだよ」

なにを言っているのか全然わからなかった。

私たちと三宅さんのなにが違うのか、クラスメイトに話しかけることのなにがあんまりよくないのか、暗黙のルールなのか、偽善なのか、なにひとつ。

私が問うよりやや早く、ナナミちゃんが続けた。

「あと、昨日のインスタってわざと？」

質問の意図がわからなくて混乱が増す。

冬休み最終日の昨日は四人で遊んで、撮った写真を帰ってからインスタに何枚か載せた。

「ごめん、わざとってどういう意味？　私なんかした？」

「あはは！　なんでもなーい」

わざとらしく笑ったナナミちゃんは、教室に入ってきたミカちゃんのもとへ駆け寄った。楽しそうに昨日の話をしているふたりを見ながら、教室の中心で立ち尽くすことしかできなかった。

この頃からなんとなく気づいていた。ナナミちゃんとミカちゃんの態度や言葉の端々に、私を小馬鹿にするようなニュアンスが含まれていることに。

だけど、なにか言われるわけでもハブかれるわけでもなかったし、遊ぶときだって誘われる。だから嫌われてはいないのだと思っていた。

そんな細い糸が切れるまで、時間はかからなかった。

うちの高校はクラス替えがないから、進級しても顔ぶれは変わらない。私たちも相変わらず四人で過ごしていた。

七月上旬には怜南の誕生日がある。宗像くんと過ごす初めての誕生日だと嬉しそうにしていたのに、彼に用事ができてしまったと落ち込んでいた。だから怜南を励ますためも兼ねて誕生日パーティーを提案し、私が幹事を務めることになった。

「もうお店とか決めちゃった？」

4 絶望と希望

怜南に訊かれたのは、誕生日の一週間前だった。

「昨日いいお店見つけたから、今日みんなに見せようと思ってた。みんながよければ予約しとくよ」

「そっかあ……。うん、じゃああとでグループトークに送ってよ」

「わかったよ」

すぐにお店のURLを送り、三人から了承を得てすぐにネット予約をした。

そして迎えた怜南の誕生日。

私が予約したのはカラオケだった。いつも行っているカラオケではなく、部屋の装飾もメニューもちょっと豪華で、バースデープランがあるからお店側でケーキやパーティーグッズを用意してくれる。カラオケが大好きな怜南の誕生日パーティーに最適の場所だと思った。

日曜日だったから現地集合にして、プレゼントとメッセージカードが入ったバッグを抱えてカラオケに入った。予約名を告げて部屋に案内される。三人はまだ来ておらず、少しドキドキしながらドアが開くのを待った。

だけど十分が過ぎても一時間が過ぎても来ない。メッセージを送っても返ってこない。既読にすらならない。電話をかけても出ない。なにがなんだかわからず、だけど入れ違いになったら困ると思った私は動くに動けず、三人が来るのを待っていた。

だけど、どれだけ待っても、三人が現れることはなかった。

覚束(おぼつか)ない足取りで帰宅し、疲れてもいないのに起きていられなかった私はベッドに倒れ込んだ。なんの気力も湧かないのに、心臓だけはノイズが走っているみたいに騒がしかった。

私が時間と場所を間違えたわけじゃない。だって予約したのは私なのだ。

三人が時間と場所を間違えたのかもしれない。だけど、メッセージすら来ないのはどう考えたっておかしい。事件や事故に巻き込まれたのかもしれない、なんてこの状況下だともはや現実逃避でしかないし、なにより心配する余裕は微塵もなかった。

考えを巡らせれば巡らせるほど、嫌な予感しかしない。

答えを知る方法がひとつだけある。インスタだ。

4 絶望と希望

三人は頻繁にインスタを更新する。友達や彼氏と遊んだ日はもちろん、学校での些細な出来事、新しいメイク用品やネイル、身近なことをなんでも。ましてや今日は怜南の誕生日だ。不慮（ふりょ）の事態が起きたわけでもない限り、絶対に更新する。どうか考えすぎであってほしいと祈りながら、恐る恐るインスタを開くと、嫌な予感が的中していた。

上部には、怜南とナナミちゃんとミカちゃんのアイコンが並んでいた。それだけで真相がわかった。それでも私は、まるで絶望の沼へ導かれるように指先を伸ばしていた。

画面上部にある線は点と言ってもいいほど細かく途切れていて、大量に投稿されているのだとわかる。そこには怜南たち――つまり、私以外の三人がいつものカラオケで楽しそうにはしゃいでいる姿が映っていた。

画面が切り替わるにつれて、宗像くんと、他にも見覚えのある男の子がふたりいることがわかる。ナナミちゃんとミカちゃんの彼氏だ。

あまりにもショックで、呆然として、混乱して、それぞれの彼氏を招いて怜南の誕生日パーティーを開いたのだと理解するまで数分を要した。

翌朝はなかなか起き上がることができず、学校に着いたのは予鈴が鳴るぎりぎりだった。

教室を覗くと、すでに登校している怜南たちが入口のすぐそばで話していた。

昨夜はよほど盛り上がったのだろう。余韻を引きずったままだということは、そのテンションを見れば一目瞭然だった。

鼓動が速まる。胸に手を当てる。

意を決して室内に一歩足を踏み入れようとしたとき。

「昨日のストーリー、普通にアップしちゃってさあ。すぐアップし直したけど大丈夫かなあ。茉優に見られてないよね？」

「えーべつに大丈夫じゃない？　てか見られてたとしても、正直もうどうでもいい」

怜南が言うと、ふたりが「ひっど」と手を叩いて笑った。

内容から察するに、〝親しい友達のみ公開〟という範囲指定をし忘れたのだろう。

そうか。私はもう〝親しい友達〟じゃないのか。

もしかしたら今までもずっと、私だけが知らないところで同じようなことが何度もあったのかもしれない。ハブかれていないのではなく、ただ私が気づいていなかっただけなのかもしれない。

「でもさー、怜南もきっついよね。茉優は呼ばないでおこうなんて」

ミカちゃんが言った台詞に、思わず「え？」と声が漏れた。

「しょうがないじゃん、彼氏いないの茉優だけなんだから。茉優だって楽しくないでしょ」

「それにしても、誕生日パーティー断ればよかったじゃん」

「断ろうとしたけど、なんか張りきってたから言いにくくなっちゃって。優しさだよ、ある意味」

「どこが優しさだよ！」

ナナミちゃんとミカちゃんの笑い声は、まるで暴風(ぼうふう)みたいだった。

目の前が真っ暗になっていく。私をハブいたのは、よりにもよって怜南だったのだ。

4
絶望と希望

予鈴が鳴っても三人のお喋りは止まらなかった。

「一年の頃はすごい仲よかったのにねー」

「うん、まあ、茉優ってサバサバしてるからつき合いやすかったし、けっこう気も合ったし。でも一緒にいるうちに、違和感?っていうか。ちょっと合わないかもって思えてきちゃって。……茉優ってなんか違くない?」

「あーわかる。なんか違うよね」

私は全然わからなかった。私のどこが〝なんか違う〟のかも、怜南にここまで嫌われてしまった理由も。

〝なんか違う〟。私の境遇も痛みも、そのたったひと言だけで片づけられてしまう程度のものなのだろうか。

「おはよう」

一斉に振り向いた三人から、瞬時に笑みが消えた。たった今大笑いしていたとは思えないほど顔を強張（こわば）らせている。もしかすると、私も同じような顔をしていたのかもしれない。

三人は顔を見合わせて口元に笑みを浮かべ、私から離れていった。

そして、私は幽霊になった。

*

4 絶望と希望

ふと目を開けると、辺りはまだ真っ暗だった。

寝不足で限界だったのか、久しぶりに寝つきがよかった。まだ二時間ほどしか経っていないのに、いつもより頭がすっきりしている。夢のせいで、気分は言わずもがな最悪だけれど。

私はまだ亜実ちゃんの家にいた。夕方に朔と話し終えて家に帰ったあと、ずっと考えていたことを亜実ちゃんに伝えたからだ。

——明日から学校始まるんだけど……。

——知ってるよ。どうかした？

——もう少しだけ、ここにいてもいい？

亜実ちゃんはなにも訊かずにいいよとだけ言ってくれた。スマホを持ってきていないと嘘をついたままだから、お母さんには亜実ちゃんからメッセージを送ってもらった。

上半身を起こすと、ドアの隙間から明かりが漏れていることに気づいた。かすかに亜実ちゃんの声が聞こえる。旦那さんはまだ出張のはずだし、誰かと電話でもしているのだろうか。

布団から出て、ドアを薄く開く。間接照明だけがついているリビングのソファーで、亜実ちゃんがスマホを耳に当てていた。

ちょうど電話が終わったらしくこちらを向いた。

「ごめん、起こしちゃった？」

「ううん、勝手に目覚めちゃっただけ。誰と電話してたの？　旦那さん？」

亜実ちゃんは少し迷うような素振りを見せてから言った。

「お姉ちゃんだよ」

「お母さん？　もう連絡したんじゃないの？」

「したけど、茉優の様子はどうだって電話来たの。心配してるんだよ」

心配、って。なんだそれ。

お母さんの顔が浮かび、ふつふつと怒りが湧いてくる。

4 絶望と希望

「……母親ぶってんじゃねえよ」

感情のままに吐き捨てた台詞に、亜実ちゃんはあまり驚かなかった。いつもみたいに笑い飛ばすわけでもなく、暴言を叱るでもなく続きを促すわけでもなく、ただ私を見ていた。

この家に来る一週間ほど前の記憶が脳裏に再生される。

お母さんは私が部屋を出ている隙に勝手にスマホを見ようとしていた。画面にはメッセージのトーク一覧が表示されていた。間一髪（かんいっぱつ）のところで防げたけれど、怒りで頭がおかしくなりそうだった。

——なんで勝手なことするの⁉

逆上して叫んだ私に、お母さんはさも当たり前みたいな顔で言った。

——スマホ買ったときに、たまにお母さんに見せてねって約束したでしょう。

話にならない。母親だからって、娘のプライバシーを侵害していいとでもいうのか。

確かに小六でスマホを与えられたとき、定期的にお母さんもチェックすると約束した。だけどそれは、例えば変なサイトにアクセスしていないかとか、そういう確認のためだったはずだ。

まさかメッセージの内容まで見られると思わなかった。電源すら入れていないスマホをわざわざ持ってきたのは、お母さんに見られたくなかったからだ。

――私もう高校生だよ⁉　勝手にスマホ見るとかありえない！

――だって……茉優がなにも話してくれないからじゃない！

今さらなにを言っているんだろう。

確かに私はお母さんになにも話していない。だけど、お母さんだってなにも訊いてこなかった。私が学校で問題を起こした日から、なにがあったのか、どうしてあんなことをしたのか、なにひとつ。

ただただ、まるで自分が刃物を向けられた被害者みたいな顔で私から目を逸らすのだ。そしてたまに深夜にリビングの前を通れば、お母さんのすすり泣く声と、しどろもどろになりながらお母さんを慰めるお父さんの声が聞こえた。

そもそも、私から事情を説明したところでどうなるというのだろう。

――言い訳するんじゃない。どうして恵茉みたいにみんなと仲よくできないの？

4 絶望と希望

いつだって、お母さんは私の話なんか聞こうともしてくれなかった。

いつだって、恵茉を引き合いに出して私を非難する言葉だけを吐いた。

いつだって、私を信じようとしてくれなかった。

亜実ちゃんは、なるほどね、と言った。

「自分から誘っといてなんだけど、正直ほんとに来ると思ってなかったんだよ。ほら、わたしたち何年もまともに話してなかったでしょ？　けど、そっか。そういうことね。うん、まあいいんじゃない？」

亜実ちゃんは悪戯っぽく笑った。

「家にいたくない気持ちはわからなくもないし、たまには家出もいいでしょ。気が済むまでここにいればいいよ」

「亜実ちゃんも……家にいたくないときがあったの？」

「まあね」

どうして、と返すよりも先に、亜実ちゃんは「さて、寝よっか」と立ち上がった。寝室に行くのかと思いきや、私の腕を引いて私が借りている部屋に向かう。

そして私の腕を掴んだまま布団に潜(もぐ)り込んだ。

「え？　なに？」

「たまには一緒に寝ようよ」

「嫌だよ。狭いし」

「昔はよく一緒に寝たじゃん」

「子供の頃の話でしょ」

「わたしにとっては、あんたはまだ子供なの」

結局、強引に押しきられて渋々抵抗をやめた。

あの頃より当然体も大きくなっているわけだし、シングルの布団にふたりは狭い。

だけど亜実ちゃんの気持ちよさそうな寝息につられたのか、久しぶりに感じたぬくもりに安心したのか、目を閉じるとすぐに眠りに落ちていった。

翌朝目が覚めると、亜実ちゃんは隣にいなかった。やっぱり狭くて、私が寝静まったあとに寝室へ行ったのだろうか。

リビングへ行くと、珍しく亜実ちゃんが起きていた。

4 絶望と希望

すでに着替えを済ませてメイクをしている。

「出かけるの?」

「うん、ちょっと用事。ごめん、言ってなかったね」

「いいよべつに」

「なるべく早く帰ってくるから」

「大丈夫だよ。いってらっしゃい」

亜実ちゃんを見送ったあと映画をつけてみたけれど、ひとりで観てもあまり楽しくなかった。それにいくら好きに過ごしていいと言われても、人の家にひとりだと暇を持て余してしまう。

なんとなく天井を見上げた。

亜実ちゃんは、おそらく全部知っているのだろう。

私が学校で問題を起こしたことも、不登校だということも。

よくよく考えてみれば、あんなにお喋りな亜実ちゃんが学校のことを一切訊いてこないのはちょっと変だし、お母さんが亜実ちゃんに言わないはずがない。私を理解できないらしいお母さんは、昔からなにかにつけて亜実ちゃんに愚痴をこぼすのだ。

もしかすると、怜南たちが〈喫茶かぜはや〉に来た日、私が学校でいじめられていたことも勘づいたかもしれない。

だとしたら、なおさらわからない。

なぜ私を誘ったりしたのだろう。

——亜実ちゃんも……家にいたくないときがあったの？

——まあね。

海で聞いた、亜実ちゃんの苦い過去を思い出す。もしかしたら、家にいたくなかったのはその頃なのかもしれない。だから当時の自分と私を重ねて、放っておけなかったのだろうか。

わかっていた。

私は今、逃げている。私を受け入れてくれる亜実ちゃんに甘えて、終わりの見えない現実逃避をしている。

あの日から、何度も何度も考えた。このままでいいんだろうか、と。

きっといいわけがない。だけど、どうしたらいいのかわからない。

4 絶望と希望

思考と記憶を払うようにかぶりを振り、テレビを消して立ち上がる。なにかに没頭したくて、これ以上考えたくなくて、本棚へ向かった。この間亜実ちゃんに渡された小説ははっきり言って全然面白くなかったけれど、頭を空っぽにするにはちょうどよかった。

上段からさらりと見ていくうちに、前に取り上げられた『Aではない君と』というタイトルの本が目に入った。だめと言われたら余計に気になってしまうのが人間の性（さが）というものだ。こんなことを言ったら、また亜実ちゃんに子供だと言われてしまうだろうけど。

本を持ったまま再びソファーに座り、表紙をめくった。

読書初心者の私にミステリーなんて読めないだろうと思っていた。暇つぶしになって、頭を空っぽにできて、束の間でも現実から離れられるならそれでよかった。

なのに、あっという間に物語の世界へ吸い込まれ、ページをめくる手が止められなくなっていた。そしてある一文を読んだ瞬間からどうしようもなく胸が締めつけられて、痛くて、怖くて、苦しくて、涙が溢（あふ）れて止まらなかった。

読み終える頃には夕方になっていた。涙を拭き、洟をかみ、呼吸を整える。

なぜそうしようと思ったのかはわからない。正確に言えば、小説を読んで感じたなにかをうまく言葉にできるような語彙は持ち合わせていなかった。

ただ、朔に会いたかった。話したかった。

キャリーバッグに入れていたスマホを取り出し、意を決して電源を入れる。

すると、朔からメッセージが届いていた。

昔から、学校は大嫌いだった。
件の授業参観の前も、あとも、ずっと。
俺みたいな人種にとって、学校という場は監獄みたいなものだ。みんな仲よくしましょう、などと綺麗事を押しつけられ、誰かが定めた〝普通〟の基準を守るためのルールに則ってみんな同じように行動することを強制され、それができないと輪に入れるように協力するだとかお節介という名の無理強いをされ、拒否すると〝なぜできないのか〟と問いただされ、終いには個性がなんちゃらとか言うわりに発達障害だのなんだのを疑われ、疑いが晴れたら晴れたで異常者のレッテルを貼られる。

一番嫌いなのは、ふいに訪れる『それではふたりひと組になってください』だ。あんなの拷問でしかない。教科書を読むのも体育のパス練習もなにもかも、わざわざふたりひと組になる必要性がどこにあるというのだ。

だから〝みんな仲よく協力し合って同じような行動をしましょう〟の圧がもっとも発揮されるイベントが大嫌いだった。

4 絶望と希望

秋休みが終わり後期が始まっても、茉優は登校しなかった。

文化祭まで二週間を切り、五、六時間目は準備時間に当てられている。茉優だけがいない教室で、クラスメイトたちはまるで茉優の存在を忘れているかのように、わいわいがやがやと準備を進めていた。

「ネームプレートって三十二個でいいんだよね？」

六時間目が終わる頃に稲田が言った。

うちのクラスはカフェをやるから、全員ネームプレートをつけることになっている。

「三十二個で大丈夫だよー」

「じゃあ完成！　疲れたあー」

プレートにマジックでクラス全員の名前を書いただけなのに（カラーペンで変な落書きもしてあるが）、稲田はわざとらしく伸びをしてふらふらと床に倒れ込んだ。つるんでいる女子ふたりが「怜南、大丈夫ー？」「お疲れー」などと声をかける。

普段ならまったく興味がない心底どうでもいい光景だが、今日ばかりは流せなかった。

「三十三個だろ」

看板にペンキを塗りながら言うと、俺の背中に稲田たちの視線が向いたのがわかった。

「は？　なんで？　ちゃんと担任のも書いたよ」

「だったら余計おかしいだろ。うちのクラスの人数は三十二人だよ。机三十二個あるだろ」

背中越しに、今度は鼻を鳴らす音が聞こえた。

「茉優が文化祭なんか来るわけないじゃん。あんな事件起こして、普通もう学校来れないいって。てかもうやめたんじゃないの？　担任が片づけ忘れてるだけでしょ？　そもそも退学になんなかったのがおかしいんだよ」

自分を被害者だと信じて疑わない稲田に苛立って後ろを向いた。稲田と視線が交わり、静かな睨み合いが続く。すると稲田が立ち上がり、女子ふたりと宗像が稲田を囲んだ。

八つの目に見下ろされながら、俺は稲田だけを睨み続けた。

「茉優がおまえになにしたんだよ。おまえら友達だったんだろ」

「意味わかんないんだけど。あたしが刺されそうになったとこ、あんただって見たよね？」

「俺はその前の話をしてんだよ」

「だから、意味わかんないんだけど」

「集団でいじめ倒さなきゃ気が済まねえくらいのことを、茉優にされたのかって訊いてんだよ」

稲田の顔がわずかに強張った。次第にじわじわと紅潮していく。

「そもそも、ほんとに茉優のことが嫌いで、憎たらしくていじめてたのかよ。ちげえだろ」

誰とも接することなく教室の隅で傍観していたからこそわかる。

生徒たちは笑顔の裏で悪意を育て、似たような疼きを持っている仲間を集め、ターゲットを定めた瞬間に放出させる。相手は誰でもいいのだ。友達でも友達じゃなくても、自分以外の人間なら誰でも。

平気で人を傷つける奴も、それをなんとも思わない奴も、どこの世界にも一定数いる。

——おまえもしかして親に捨てられたの？

あいつらもそうだった。街中で偶然会った俺に『風早じゃね？　やっべ、久しぶりじゃん』などと言いながら平然と笑うのだ。

世界なんてそんなものだと思っていた。ずっと変わらないと思っていた。

だけど俺は知っているはずだった。

4

絶望と希望

——いい加減にしなよ。

たったひとりのたったひと言で、どれだけ救われるのかを。

「はあ!? あたしらいじめなんかしてないから!」

「おまえなんなの? 急にべらべら喋り出したと思ったら勝手なことばっか言いやがって。人の彼女に変な言いがかりつけないでくれる?」

「そうだよ! つーかなにも知らないくせにでしゃばってくんじゃねえよ!」

黙っている稲田を擁護するように、いよいよ女子ふたりと宗像が加勢する。

はっきり言って、めちゃくちゃ怖い。今すぐに逃げ出したい。

足に力を込めて、思わず後退しそうになった体を支えた。

「つーかさあ」ミカと呼ばれている女子が一歩前に出た。

「いじめてなんかないけど、先に喧嘩売ってきたの茉優だから。ずっとうちらのこと馬鹿にしてたの。黙ってあげてたら調子に乗って、うちらの顔切れてたり変な顔してる写真ばっかりインスタに載せてさあ。そのくせ自分だけは映りがいいの選んで。茉優は遠回しにそういうことする子なの」

あまりにも理解不能な言い分に、二の句が継げなかった。

茉優が故意にそんなことをするとは思えない。

それに遠回しなことをするくらいなら、はっきりと言うだろう。

そんなのこいつらだって――稲田だってわかっているはずだ。

茉優と離れて過ごしていた俺でもわかることを、誰よりも茉優の近くにいた稲田がわからないはずがない。

ただ、自分たちを正当化するために茉優を悪者に仕立て上げているだけだ。

「……んだよ」

「は？　なに？　聞こえないんだけど」

――勝手に妄想していじめみたいなことして、くだらないよあんたたち。

俺を見下ろしたままずっと黙っている稲田を見据えた。

「くだらねえんだよ、おまえら」

教室が静寂に包まれる。

稲田の顔がさらに紅潮し、唇がわなわなと震え出す。

だけど、なぜか言い返してはこなかった。

「はあ!?　まじでなんなの？　怜南は刺されそうになったの！　百パーセント被

害者なの！　あんただって大怪我させられて、怜南と同じ被害者じゃん！　なんで茉優のこと庇ってんの!?」

「稲田も俺も、ほんとに被害者なのかよ。――ほんとに、茉優だけが加害者なのかよ」

　ずっと稲田に向けていた視線をずらし、教室を見渡す。

「おまえらもだよ」

　野次馬（やじうま）根性丸出しで、煽（あお）るように歪（いびつ）な笑みを浮かべている奴。我関せずとばかりに平然としている奴。飛び火から逃れるため顔を背けている奴。教室の隅で縮こまっている奴。なにか言いたげに俺たちをじっと見ている奴。

　反応は様々だが、全員に共通していることがたったひとつだけある。

見て見ぬふりをしている、ということだ。

「自分は関係ないみたいな顔してんじゃねえよ。こいつらずっと前から変だっただろ。ほんとに気づいてなかったのかよ。おまえも、おまえも、おまえも――俺も」

　稲田にカッターを向けた茉優。

茉優にカッターを向けられた稲田。

怪我を負った俺。

あの瞬間だけを切り取れば、茉優は加害者で俺たちは被害者なのだろう。

だけど、きっと、茉優は。

その選択肢がよぎってしまうくらい、追い詰められていた。

「俺らだって、いじめの加害者だろ」

宗像たちの怒気(どき)をはらんだ視線が、容赦(ようしゃ)なく俺に突き刺さった。


「よう問題児」

車に乗ると、あっちゃんは開口一番にそう言った。

あのあと、昨日俺が追い返したことも根に持っていたらしい女子ふたりがブチギレて、しかも宗像にぶん殴られ、頭に血が昇ってしまった俺もそれなりにやり返し、なかなかの大惨事になったのだった。

当然だが親も呼び出しになり、生徒指導室で事情聴取を受けて親同士が謝罪し合い、親が退散したあと改めて厳重注意を受けて今に至る。

4 絶望と希望

「……ごめん」

「いいよ。男なら殴り合いの一回や二回あるだろ」

べつにそんなことはないと思う。

俺がシートベルトを締めると、車が発進した。あっちゃんは音楽を聴きながら鼻歌を口ずさんでいる。暴力沙汰を起こして呼び出されたというのに、説教のひとつも浴びせてこない。

「なんで怒んないの?」

「なんでって、べつに怒る理由がないから」

「そんなわけないじゃん。俺、人に暴力振るったんだよ?」

「そんな傷だらけの顔で言われてもな」

悔しいが言い返せなかった。

俺は人生で一度たりとも喧嘩をしたことがないから見事に完敗したのだ。額にも頬にも唇の端にもガーゼや絆創膏が貼られている俺に対し、宗像の顔にはかすり傷しかない。おかげで停学処分は免れたし、宗像の親にもめちゃくちゃ謝られた。

「でも……殴ったのは事実だよ。しかも、最初に喧嘩売ったのは俺だし」

「そこらへんはどうでもいいよ。ただ、大した理由もなしにおまえが人に喧嘩を売るとも殴るとも思えない」

あっちゃんは平然と前を向いて運転していたが、俺は危うく泣いてしまいそうだった。自分から売った喧嘩で完敗した挙げ句に泣くのはさすがにかっこ悪すぎるから必死に堪える。

「でも……ごめん、ほんとに」

「ああ」

「あと、言いそびれてたけど……昨日勝手にあいつら追い返そうとしたりして、ごめん」

「いいよべつに。たかがＪＫ三人逃したところで痛くも痒くもない」

「でも、口コミとかに悪口書かれるかも。あいつらそれくらいしそう」

「店よりも息子を守るのは当然だろ。どうせ趣味でやってる店だし、つぶれたらつぶれたまでだよ」

息子だと言いきってくれたことが嬉しかった。だけど後半は間違いなく嘘だ。

あっちゃんが単なる趣味で店を営んでいるわけではないことくらい、俺はとっくにわかっている。

「あっちゃんは全部知ってるんだよね。その……茉優のこと」

「そりゃあな。おまえが治療してる間に担任からひと通り説明受けたし、そのあとクスノキさんの両親にも直接謝られたし。顔までは知らなかったけど、店で茉優ちゃんに会ったとき、おまえ『クスノキさん』って言ってたろ。それでわかった」

あの日のことをあっちゃんと話すのは初めてだった。

「そうじゃなくても気づいていたけどな。店で顔合わせたときふたりとも明らかに動揺してたし、茉優ちゃんはやけにおまえの右手を気にしてた。たぶんおまえの怪我に深く関わってる子だろうなってことくらいはわかる」

「あいつらが関わってることも知ってたの？」

「それは知らなかったけど、昨日のおまえの様子見てなんとなくな。尋常じゃないくらい顔真っ青にしてたし、いくら急に現れたからってただの知り合い相手にあそこまで動揺するわけないだろ」

「そっか。……とにかく、ごめん」

「べつにいいっつってんだろ」

「店……途中で抜けさせちゃってごめん」

「今日はずいぶん素直だな。ちょうどランチタイム終わったときでよかったよ。

まあ明日からしっかり手伝って挽回してもらわないとな」

「するよ。これからはちゃんと接客もするし、すっげえうまいケーキ作って新規のお客さん掴みまくって、バイト雇わなきゃやってけないくらい超人気店にする」

「接客は顔の傷が治ってからにしろよ。まあ楽しみにしてる」

余裕の笑みを見せたあっちゃんは、また鼻歌を口ずさんだ。


プレートを〈CLOSE〉から〈OPEN〉にして、鍵を開けて店内に入る。

俺はすぐ二階に上がり、着替えを済ませて厨房に向かう。

あっちゃんはエプロンをして、コーヒーを淹れていた。いつもなら俺にも淹れてと言うところだが、さすがに今日は気が引けるので、ゴム手袋をしてシンクに残っている食器を洗うことにした。

食器を洗い終えてゴム手袋を外すと、俺の分もコーヒーを淹れてくれたあっちゃんは、片方にミルクを入れて「ん」と俺に差し出した。それを受け取り、カウンターの椅子に座った。

「ちなみに、担任に説明受けたときからおまえがクスノキさんのこと好きなのもわかってた」

危うくコーヒーを口から噴射するところだった。

「へっ？　な、なん、な……？」

「普通、いくらクラスメイトだからってカッター振りかざしてる相手に飛びかかれないだろ。ただでさえ人と関わろうとしないおまえがそこまでするのは、よっぽど特別な存在以外に考えられなかった」

死ぬほど恥ずかしいが、弁解の余地がなさすぎる名推理に、もはや照れ隠しは通用しない。

コーヒーを飲み干したあっちゃんは、ディナーの準備でもするか、と立ち上がった。俺も急いで飲もうとすると「まだゆっくりしとけ怪我人」と言われたので、お言葉に甘えて浮かせようとした腰を下ろした。

カップの中で、黒の液体がゆらゆらと揺れる。

照明の光が反射して、そこに傷だらけの俺の顔が映った。

「あっちゃん、さっき言ってくれたじゃん。大した理由もなしにおまえが人に喧嘩を売るとも殴るとも思えない、って」

「ああ」

「俺もそう思うんだ。茉優は……大した理由もなしに人を傷つけようとする子じゃない、って」

「え？　なんで？」

「俺もそう思うよ」

「おまえが好きになった子なら、いい子に決まってる」

あっちゃんはふいにこういうことを言うから困る。

俺はそんなに涙腺（るいせん）が強くないのに。

「俺、同じクラスなのに、今までなにがあったのかよく知らないんだ。……ずっと前から茉優の様子が変なのは気づいてたけど、詳しいことはなにも知らない。

4 絶望と希望

茉優が店に来るようになってからだって、ふたりで話す時間ができたのになにも訊けないままだし」

「簡単に言葉にできるような痛みなら、あんなことにならなかったと思うよ。おまえもわかってるから、訊けないんじゃなくて訊かないんだろ？」

あっちゃんは俺の方を向いていなかった。忙しなく手を動かしながら、下ごしらえを進めていく。

俺もあっちゃんから目を離し、今にも雨が降り出しそうな曇天を窓越しに見上げた。

「俺かっこ悪いよね。あのときも今日も、ただ怪我しただけで、なにも守れなかった。今だってどうしていいか全然わかんない」

「なに言ってんだよ。自分の体を犠牲にしてまで好きな子を守ったんだから、その傷は勲章だろ。めちゃくちゃかっこいい、自慢の息子だよ」

鼻の奥がつんと痛んだ。危うくこぼれそうになった涙を、残り少なくなったコーヒーと一緒に飲み込んだ。

空になったカップを持って立ち上がったとき、エプロンのポケットに入れているスマホが鳴った。

「――は⁉　あ……あっちゃん、ごめん！　ちょっと出ていい⁉」

「いってらっしゃい。あんまり遅くなるなよ。あと帰りはちゃんと家まで送ってあげろよ」

にやにやしているあっちゃんに外したエプロンと包帯を投げつけて店を出た。

『昨日の公園にいるんだけど、出てこられる？』

茉優から届いたメッセージを読んで興奮してしまった俺は、店を出てからひたすら走り続けて公園に駆け込んだ。昨日と同じベンチに座っていた茉優は、俺を見て驚いた顔をした。

そういえば返信もせずに慌てて来てしまった――と思ったが、

「朔、その顔……どうしたの？」

はっとして顔に手を当てた。

手の包帯に気を取られて、新たな怪我にまで気が回らなかった。

「いや、これは、その、ちょっと転んじゃって」

4 絶望と希望

どこまでも嘘が下手な自分に絶望しつつ、めちゃくちゃ訝(いぶか)っている茉優に「ほんと大丈夫だから」と笑って頭を掻いた。

「それより、待たせちゃってごめん」

「全然待ってないよ？　そんなに急がなくてよかったのに」

「いや、その、今日あんまり天気よくないし、寒いかなと思って」

「全然寒くないよ……？」

「あー、あ、あはは、確かに」

当たり前だ。いくら曇っていても気温は二十度以上ある。うまい言い訳が浮かばない俺は笑ってごまかすことしかできなかった。

見れば、茉優の手には缶ジュースが二本握られていた。俺の視線に気づいたのか、にこっと微笑んで一本を俺に投げる。飛んできたそれを受け取ると、手のひらに鈍痛(どんつう)が走った。

右の手首を掴み、じんじんと波打つ痛みを堪える。

歪めてしまった顔を上げると、茉優は仰天(ぎょうてん)していた。

「怪我ほとんど治ってるって……嘘だったんだ」

せっかく包帯を外してきたのに、まるで意味がなかった。もう一度笑ってごまかしたいところだが、さすがに言い訳のしようがない。

白状することにして、茉優の隣に腰かけた。

「治ってきてるのは嘘じゃないよ。ほんと、普段は平気なんだ。けど……強い衝撃を受けると、まだちょっと痛くて。でもほんと大丈夫だから。それよりどうしたの？　なんかあった？」

「傷を見せてほしいの」

ぎょっとしている俺に、茉優は語気を強めて続けた。

「朔がいつもちょっと手を握ってるのは、私に傷痕を見せないためだよね」

「それは……」

「朔は私のせいじゃないって言ってくれたけど、それは絶対に違うよ。その傷は、間違いなく私がつけたの。もし本当に怪我が治ってきてるとしても、傷痕がなくなったとしても、私のしたことが帳消しになるわけじゃない。だから……自分がつけてしまった傷をこの目でちゃんと見て、ちゃんと焼きつけなきゃいけないって、向き合わなきゃいけないって、思ったの」

4 絶望と希望

真っ直ぐ俺を見つめる茉優に、そんなことない、とはもう言えなかった。

ずっと、この傷は茉優のせいじゃないと思っていた。決して嘘じゃない。だけど、茉優を庇ってなどいないと言えば嘘になる。

茉優が責任を感じないように傷を隠して、大した傷じゃないと、治りかけているると嘘をつくのが、本当に茉優のためになるのだろうか。

観念して、茉優といるときはずっと内側に向けていた手のひらを裏返して、まだくっきりと残っている傷痕を上に向けた。

俺の右手を、茉優が両手でそっと包む。

言葉通り、焼きつけるようにじっと傷痕を見つめた。

「実は、けっこう傷が深くて。三針縫った」

「……そうだったんだ」

「正直、めちゃくちゃビビったよ。こんな怪我したのも縫ったのも初めてで。縫ってるときなんか目開けらんなくて、しかも手震えちゃって看護師さんに押さえつけられたし、そしたらもっと怖くなって気絶しそうだったし」

「……うん」

謝ってほしくなくて、極めて軽快に面白おかしく話した。

茉優もわかっているのか、ただ傷痕を見つめるだけで、ごめんとは言わなかった。

「嘘、だったんだね。左利きだって。ずっと変だと思ってた。なんで左利きなのに右手を怪我したんだろうって。とっさのときって、どうしても利き手がでちゃうんじゃないかなって。さっきジュース投げたときも、右手出してたよ」

「え、あ、いや、えっと」

「あと、ケーキ作りやラテアートが単なる趣味だって言ってたのも嘘だよね。私がケーキおいしかったって言ったとき、自信ついたって言ってた。本格的に料理の道を目指すつもりだったんじゃない？　いつか敦志さんにちゃんと恩返ししたいって言ってたの、お店を継ぐことだったんじゃない？」

二度と嘘はつかないと心に誓いつつ、すべて白状しようと決めて、誰にも言ったことのない夢を口にする。

「俺、昨日も言ったけど、言葉じゃ伝えきれないくらい、心の底からあっちゃんに感謝してるんだ。あと……憧れてる」

あっちゃんは俺にとって、夜を静かに照らす月みたいだった。

いつも、包み込むような優しさで俺を守ってくれた。

少しずつでも恩返しをしていきたいと考えたとき、自分になにができるのか、なにがしたいのかを考えた。一番に浮かんだのは、あっちゃんが店に立っている姿だった。

「店に来たお客さんたちがさ、みんな笑顔で帰っていくんだよ。べつに俺やあっちゃんが楽しませるようなことしたわけでもなんでもなくて、ただあっちゃんが作った料理を食べて、あっちゃんが淹れたコーヒーを飲んだだけなのに。それってすごいことだよなって思うんだ」

店を手伝っているからこそわかる。決して簡単なことじゃない。閉店後のまるで別人みたいな気の抜けようは、それだけ営業中に気を張っているからだ。

俺にも手助けができないだろうか？

ただ手伝うだけではなく、手助けが。

だから、まだまだ料理やコーヒーの味は追いつけなくとも、ラテアートを練習して、もともと得意だったケーキ作りを練習した。もっともっと上達して、あっちゃんの負担を軽くしたい。そして、あっちゃんが許してくれるなら、いつか店を継ぎたい。あっちゃんが守ってきた店を、俺を救ってくれたあの場所を、今度は俺が守りたい。

それが俺の夢だった。

「でも、まだあっちゃんには言えてないんだ。本当の息子じゃない俺が継いでいいのかとか、あっちゃんはそんなこと望んでないんじゃないかとか、いろいろ考えちゃって……どうしても、言い出せなくて」

茉優はいつの間にか顔を上げていた。

至近距離で目が合っていることと真面目に語りすぎたことに気恥ずかしくなりながら、だけど顔を逸らさなかった。茶化したい衝動に駆られたが、俺の話を真剣に聞いてくれている茉優に失礼だ。

「だから……一昨日ケーキ作ったの、実は怪我してから初めてだったんだ。あっちゃんに無理言って作らせてもらった。どうしても茉優に食べてほしくて。……笑って、ほしくて」

たったの一か月で驚くほど痩せ細ってしまった茉優を、少なめに作ったランチさえ食べきれない茉優を見て、居ても立ってもいられなかった。茉優がつい食べてしまうくらい、おいしいケーキを作りたかった。

「ありがとう。ほんとにほんとにおいしかったよ。よかったらまた作ってくれる？　もちろん、怪我がちゃんと治ってから」

「当たり前じゃん。絶対また作るよ」

「楽しみにしてるね。でも……そんなに大事な手を傷つけてまで、私のこと守ってくれたんだ。もしかして、顔の怪我も私のせい？」

「へっ？　なんで？」

「だって朔は、私のために嘘ついてくれるから」

微笑む茉優に、微笑み返すことはできなかった。

確かに俺は、茉優と再会してから嘘をついてばかりだ。茉優に重荷を背負わせないためだと自分に言い聞かせて。

だけど本当は、茉優のためなんかじゃない。

――謝らなきゃいけないのは、私の方だから。

あのとき、すぐに返事ができなかった。

4

絶望と希望

胸の内を晒す勇気がなかった。

「俺……茉優に謝らなきゃいけないことがあるんだ」

「え？」

「茉優が稲田たちと、その……変な空気になってたこと、気づいてた。でも、俺、なにもできなくて……なにかしようと、しなくて。……ずっと、見て見ぬふりしてた。本当に……ごめん」

あの日、事情を訊かれたとき教室に忘れ物を取りにいったと嘘をついたのは、いじめに勘づいていたことを言えなかったからだ。勘づいていながらなにもできなかった自分が情けなくて、それが茉優の耳に入ることが怖かっただけだ。

「謝らなくていいよ。私だって、逆の立場だったらなにもできなかったかもしれないし。それに、私が朔に怪我をさせたことは紛れもない事実だから。おあいこなんてとても言えないけど、朔が謝ることはないよ」

「そんなわけないよ。実際、茉優は俺のこと庇ってくれたし」

「私が小学生のときに朔を庇えたのは、無知だったからだと思う。怖いもの知らずっていうか。ひとりぼっちの寂しさとか、孤独の怖さとか、なにも知らなかったから。今同じことができるかって訊かれたらわからないし、正直……全然、自信がない」

風が吹いて、茉優の前髪がふわりと揺れた。

目にかぶさった前髪を指先で払う。

「もしかして、気づいてたから、私を助けるために戻ってきてくれたの？」

茉優の瞳に迷いはなかった。

小さく頷いて、あの日のことを口にした。

*

——あの日。

学年集会が始まる直前、茉優は慌てた様子で体育館を出ていった。忘れ物でもしたのかと思っていたが、体育館には稲田たちもいない。しばらく様子を見ても一向に戻ってこない。なんとなく胸騒ぎがして、忘れ物をしたと先生に言って列を抜けた。

4 絶望と希望

胸騒ぎが加速したのは、教室に戻る途中で稲田とつるんでいるふたりとすれ違ったときだった。

——ねえ、見た？　さっきの茉優の顔。泣きそうだったよね。

——今頃怜南がとどめ刺してるかもねー。

——茉優死んじゃったりして。

——そんなわけないじゃん。まあべつにどうでもいいけど。

全速力で走り、階段を駆け上がる。

走っている間、ずっと見て見ぬふりをしていた光景が走馬燈のように流れていた。

茉優の曇った顔や居心地が悪そうな薄い笑み——夏休み前から明らかにハブかれていた、茉優の姿。

教室がある二階にたどり着くと、言い争うような声が聞こえてきた。

そして、

——あんたなんか死ねばいい！

叫び声が響いたのと俺が教室を覗いたのは同時だった。

そこにはカッターを握りしめて、虚ろな目で立ち尽くしている茉優がいた。稲田は青ざめたままじりじりとあとずさっている。なにが起きているのか、瞬時に理解などできなかった。

唖然（あぜん）としているうちに、茉優が両手をゆっくりと頭上に掲げた。

茉優の腕が動いた瞬間、とっさに手を伸ばした。

*

「だから……利き手のこととかは嘘だけど。それはごめん。でもあの日のことに関しては、俺は本当のことを言っただけだよ。止めるにしても茉優の腕を掴めばよかったんだし、刃を掴んだのは完全に俺のドジだった」

ひとつだけ言い訳をすると、どこを掴むべきか考える余裕や時間など微塵もなかったのだ。

「でも、茉優も嘘ついてるよね？」

「私？　なんで？」

「あとから聞いたんだ。刺されそうになったって稲田が言ったとき、茉優は否定しなかった、って」

「だって本当のことだから。見てたでしょ。ついカッとなっちゃって」

言い淀むことなく自嘲気味に笑んだ茉優に、嘘だと確信した。まるで万が一訊かれたときのために準備していたような台詞に聞こえたからだ。

「俺は、そうは思えない」

俺が茉優を庇ったのは、どうにか茉優の処分を軽くしたかったからだけじゃない。

真実は茉優しか知らない。他人を納得させられるだけの根拠などなにもない。だけど、ただ、俺は。

「俺は、茉優が人を傷つけようとする子じゃないって信じてるから」

俺が知っている茉優を、今目の前にいる茉優を、信じたい。

「なんで……そこまで、信じてくれるの？」

茉優が好きだからだよ、と反射的に出かけた言葉を呑み込み、代わりにちょっと情けない答えを口にする。

4 絶望と希望

「茉優は、俺のヒーローだから」

──いい加減にしなよ。

──お父さん、かっこいいね！

俺と正反対の茉優は、眩しかった。憧れていた。

ずっと真っ暗だった世界に射した、一筋の光だった。

「私は……全然、ヒーローなんかじゃないよ。だって……逃げてばっかりだもん」

声を絞り出すように言うと、上着を脱いでTシャツの袖をまくった。

そこには皮膚を爪でえぐったような痕と、青紫色の痣があった。

「どうしたの、これ」

俺が見たのを確認してすぐに隠す。

「停学処分が明けてから、ほんとは、学校に行こうとしたの。でも、どうしても、ベッドから起き上がれなくて……なんとか起きて制服を着ようとした途端に、その……吐いちゃって。それから外に出るのが怖くて、ずっと部屋に引きこもってた」

茉優がこぼしていくひとつひとつの言葉にしっかりと耳を傾ける。

「たまにね、夜にひとりでいると、感情がぐちゃぐちゃに混ざって爆発したみたいに、なんていうか……激しい衝動、みたいなのに襲われるときがあって。それを抑えるために、腕に爪を立てたり殴ったりして、なんとか堪えてた。こんなの自傷行為だって、こんなことしちゃだめだって、頭ではわかってるの。……だけど、どうしても止められなかった。そうしないと、今度こそなにかを破壊して、誰かを傷つけちゃいそうだった」

話し終えると、茉優は二の腕をぎゅっと握った。

「ちゃんと見てもいい？」

「え？　見ない方がいいよ」

「茉優だってさっき俺の傷見たじゃん」

茉優は痛いところを突かれたとばかりに唇をぎゅっと結んで俯いた。

「だって……グロイし」

「そんなわけないじゃん。だってそれは、きっと、茉優の心の傷なんだよね」

顔に覆いかぶさっている前髪の奥で、茉優の長いまつげが揺れた。

4 絶望と希望

「この傷の何倍も、何十倍も、もしかしたら何百倍も、心が傷ついてるんだよね。心の傷は見えないから、目に見える傷くらいちゃんと見せてほしい」

しばしの沈黙ののち、茉優は俯いたままためらうようにゆっくりと袖をまくった。

改めて視界に映った傷痕は、痛々しいなんてもんじゃなかった。

茉優の中にある痛みが、苦しみが、悲しみが、恐怖が、そこにあった。

どうしようもなくショックを受けながら、どこかほっとしていた。

俺が信じてきたものは、やはり間違いではなかったのだと。

「俺さ。茉優の辛いこととか、聞きたいよ」

俺が静かに見守ってくれるあっちゃんに対して安心できるのは、言えば聞いてくれるし訊けば話してくれるとわかっているからかもしれない。

稲田に喧嘩を売ったとき、殴りかかってきた宗像にやり返すとき、怒りで興奮していたが頭が真っ白になったり我を忘れたりするほどではなかった。やばいな、これ確実に親呼び出しだな、下手したら停学だな、と考える程度には冷静だった。

それでも俺が感情のままに動くことができたのは、あっちゃんなら俺を信じてくれるという気持ちが根底にあったからかもしれない。

俺だって茉優のことを知りたいと思う。話してくれるならいくらでも聞きたいと思う。だけど茉優は、俺がそう思っていることなど知らないのだ。

だったら俺は、ちゃんと伝えなければいけない。

伝えたいことがあるのに、照れている場合じゃない。

連絡してほしいだとか笑顔を見たいだとか遠回しな言葉じゃなく、正直な気持ちを濁(にご)すことなく、真っ直ぐに。

「無理に話してほしいってわけじゃないよ。ただ、ひとりで抱え込まないでほしいんだ。俺は絶対に、どんな話でも聞くから。もちろん、俺じゃなくてもいいよ。なんていうか……そう思ってる奴がいるってことを忘れないでほしいんだ」

茉優は口を結んで俺をじっと見ていた。

「昨日、言ってたよね。人は人からの悪意や敵意を浴びたら、それを相手に跳ね返したり他の誰かにぶつけて発散するか、優しさに変換するか、どっちかなんじゃないかって。俺はもうひとつあると思う。……全部ひとりで抱え込んで、自分を傷つける人」

4 絶望と希望

わずかに大きく開かれた茉優の瞳が揺れた。

「ずっと訊きたかったんだ。――本当に稲田のこと刺そうとしたの？」

茉優が両手の拳を握りしめた。

「あのとき、本当は――」

俺がずっと抱いていた推測を口にすると、茉優は目を見張った。

ふたりの間をさまようのは、交わっている視線と、秋風が葉を揺らす音だけだった。

目に涙を浮かべた茉優は、口を固く閉ざしていた。

答えない茉優を見て、思う。俺も同じだな、と。

茉優の本心を聞きたいのに、俺自身が強がって言い訳をして茶化してごまかしながら、本心を隠してばかりだった。

「昨日、小学生の頃の話したとき、人の弱みにつけ込むような奴らにエネルギー使いたくなかったって言ったじゃん。……違うんだ。本当は……ただ、怖かった」

授業参観の日になにも言い返さなかったのは――言い返せなかったのは、過去を閉じ込めてきつく締めていた蓋がふいに開いてしまったからだった。

今でも鮮明に思い出す。

母さんと過ごした、少しだけ寂しくも幸せだった幼少期。母さんが父さんと再婚してからの、平凡で穏やかな三年半。最後に見た父さんと母さんの笑顔。わけがわからないまま連れていかれた安置室で、白い布をかけられて横たわっている姿。葬儀場に飾られた遺影、棺で眠っている白い顔、線香の匂い、泣き叫んだ火葬場、煙突から空に舞い上がる煙、骨と灰だけになった父さんと母さん。

すべての記憶が俺を支配し、何度でも絶望へと突き落とす。

「昨日も言ったけど、授業参観の日からいじめられるようになって。でも、あの頃はあっちゃんにすら心を開けなくて……迷惑かけたら今度こそ施設に入れられるかもしれないって、また急にひとりぼっちになっちゃうんじゃないかって、怖かった」

だから、ただひたすら耐えるしかなくて、それ以外に選択肢がなくて、誰になにを言われてもなにをされても黙って耐え続けた。だけど着実に、確実に、心を削られていった。

「でも一回だけ、限界で耐えられなくて、あっちゃんの前で泣いちゃったことがあって。そのときに言ってくれたんだ。嫌なら学校行かなくていいぞって。おまえが生きててくれたらいいんだって、それだけで十分だって、抱きしめて、笑ってくれた」

大げさではなく、心から思う。

俺が今こうして生きていられるのは、あっちゃんのおかげだと。

転校してからも似たようなことはあったが、どうしても辛いときは、あっちゃんがくれた言葉を、血の繋がりさえない俺をずっと守ってくれていることを思い出していた。そして、茉優の笑顔も。

「俺、父さんと母さんが死んでからあっちゃんに引き取られるまで、世界が真っ黒に見えてた。誰も信じられなくて、なにもかもが怖くて、孤独に押しつぶされそうだった。……何回も、思ったよ。あの日、母さんと一緒に父さんを迎えにいけばよかったって。……俺も一緒に、死んじゃいたかったって」

茉優の頬に、ぽたぽたと涙がこぼれた。

それでも俺は話し続けた。

「だから……気持ちわかるよ、とか、簡単に言っちゃいけないけどさ。いじめられる辛さとか、孤独の寂しさとか、ちょっとくらいならわかるつもりだよ。今でも人と接するのは怖いし、学校だって大嫌いだよ。毎日ずっとひとりでいるのだって、もう慣れてるから平気っちゃ平気だけど、正直、楽しそうにしてる奴ら見てると羨ましいって思うこともある。……たまに、世界中でひとりぼっちになっちゃったみたいに感じるときも、あったりするし」

どれだけ記憶に蓋をしても、ふとした瞬間に溢れ出し、容赦なく蝕(むしば)んでくる。

どれだけ忘れたくても忘れられない記憶が、いつもそこにある。

暗闇に放り投げ出されたような感覚に襲われ、絶望し、目に見えるすべてが恐怖の対象になる。

「でも俺、あっちゃんと暮らし始めてからいろんなこと思い出したんだ。母さんと父さんにちゃんと愛されてたし、ひとりなんかじゃなかったたって。すげえ幸せだったたって。ふたりとも……死んじゃったけど、それでも、手を差し伸べてくれる人がいることも、なにがあっても守ってくれて、信じてくれる人がいることも知った。あと……逃げたっていいんだってことも、あっちゃんが教えてくれた」

4 絶望と希望

心から思う。生きていてよかったと。

絶望は永遠に続かない。

生きてさえいれば、絶対に、なにかが変わるはずなのだと。

「辛いときは、辛いって、助けてって叫んでいいんだよ。人を信じるって、簡単じゃないし怖いけどさ」

俺の拙い言葉で茉優を救えるなんて思っていない。

心の傷を和らげられるなんて、軽くできるなんて思っていない。

ただ、茉優に伝えたい言葉があった。

今の俺だから伝えられることが、きっとあるはずだった。

「俺らが思ってるより、世界はちょっとだけ優しいよ」

5
衝突と救済

朔の言葉を聞きながら、私は涙を流すことしかできなかった。

朔の痛みが、想いが、絶望が、希望が、真っ直ぐに伝わってきた。

——辛いときは、辛いって、助けてって叫んでいいんだよ。

誰にも言えなかった。伸ばした手を振りほどかれることが怖かった。声を受け取ってもらえないことが怖かった。これ以上、傷つきたくなかった。

——俺らが思ってるより、世界はちょっとだけ優しいよ。

もしかすると、ほんの少し前なら、綺麗事だと思っていたかもしれない。

だけど今の私は、きっと、なんとなくわかっていた。

私が身を置いている環境が、目にしてきたものが、世界のすべてではないのだと。

「ごめん、暗くなってきちゃったね。もう帰ろ——」

腰を浮かせた朔の腕をとっさに掴んだ。

朔は腰を下ろして、ただ私の言葉を待ってくれていた。

——あのとき、本当は。

さっき答えられなかったのは、朔の言葉に迷いがなかったからだ。

朔は、私を信じてくれている。

嬉しかった。安堵していた。ただし、それ以上に罪悪感が芽生えていた。

朔が口にした推測は、正解であり不正解でもある。

だから、私の告白は朔を裏切ってしまうかもしれない。

それでも、辛い過去を、胸中を、包み隠さず打ち明けてくれた朔に、私に向けて一生懸命に言葉を紡いでくれた朔に、もう黙っていることなどできなかった。

そして、頑なに誰にも言わなかった〝あの日〟のことを口にした。

5

慟哭と救済

＊

幽霊になった日から、グループトークのメンバーから外されはしなかったものの、私は完全スルーされるようになった。私が写っていない写真と、遊んだ内容のおさらいみたいな文が五月雨(さみだれ)式に送られてくる。だから私は、自らグループトークを退出した。

インスタを開けば楽しそうに遊んでいる三人の姿がアップされていた。もはや公開範囲は気にしていないようだった。だから私は、インスタのアカウントを削除した。

　次第に学校では、私がいなくなった途端に『キモイ』『死ね』などとくすくす笑いながら囁かれるようになった。おそらくわざと聞こえるように、だけど私が言い返せばごまかせる程度に言っているのだろう。だから私は、授業以外の時間を教室の外で過ごした。

　私物を机に置きっぱなしにすれば、いつの間にかなくなっている。だから私は、教室から離れるときは必ずロッカーにすべて入れて鍵をかけるようにした。それくらいしなければ、自分の物を守れなかった。だけどそれが気に食わなかったのか、机と椅子が蹴り飛ばされたように倒れていた日があった。

　私はこれほどまでに疎まれていたのだ。

　少しずつ、少しずつ、心が壊れていくのを感じていた。

　夏休みは一度も外出しなかった。友達を失ったのだから当たり前だ。いくつか入っていた予定は当然白紙になり、自室にこもって登校日に怯えながら過ごす夏休みは恐ろしく長かった。

5

慟哭と救済

――そして、あの日。

学年集会が始まる直前、怜南たちがいないことに気づいた。三人が授業をサボるのは珍しくない。いつもなら気に留めなかったし、むしろほっとするところでもあった。

だけどロッカーの鍵をかけ忘れた気がして、慌てて教室に戻った。すると不安が的中していた。

確認するまでもなくわかったのは、怜南たちが私のロッカーを漁っていたからだった。

彼女たちの手元を見れば、私の教科書やノートにマジックで落書きをしていた。見るまでもなく、どういうことを書かれているか見当がついた。わざわざ確認する勇気なんて、あるはずがなかった。

「ナナミ、赤ペンなくなったって言ってなかった？　もらっちゃえば？」

私の鞄(かばん)を漁っていたミカちゃんが、ペンケースから取り出した赤ペンをナナミちゃんに向けた。するとナナミちゃんは、ラッキーと笑いながらなんの躊躇(ちゅうちょ)もなく受け取ってポケットに入れた。

わかっていた。私物がなくなるたびに、誰がそうしているのか。

それでも実際に目の当たりにしたとき、頭が真っ白に、そして目の前が真っ暗になった。

眩暈がして、体がふらついた。ドアを掴んで持ち堪えると、ガタンと音がした。

三人が弾かれたように振り返り、棒立ちしている私に気づく。

怜南はわずかに動揺を見せて、私から顔を背けた。

ミカちゃんとナナミちゃんは、言い訳をするでも謝るでもなく唇の端を上げた。

「先生にチクる？　意味ないと思うけど。うちらは問い詰められても絶対に口割らないし、誰もあんたのことなんか信じないって」

「警察に指紋でも調べてもらう？」

「つーかいつまで学校来てんだよ。さっさとやめろって」

「てかもう死んじゃえばー？」

ふたりの表情は、教室でたわいもない話をしているときと同じ、一点の曇りもない笑顔だった。

ミカちゃんが二歩進み、佇むことしかできない私の前にペンケースを落とした。

5 慟哭と救済

「おまえが死んだって誰も悲しまねえよ。さっさと死ね」

真っ向からこれだけ容赦ない悪意と敵意を浴びせられても、私の中にはまだかすかに希望が残っていた。怜南は私から目を逸らしたまま、ふたりに便乗することなく黙っていたからだ。

「怜南とふたりで話したいんだけど」

どんな状況になろうと、私は性懲(しょうこ)りもなく怜南を信じていた。

怜南はミカちゃんとナナミちゃんに合わせて仕方がなく、嫌々いじめに加担しているだけ。たとえ嫌われてしまったのだとしても、ちゃんと話し合えばわかり合える。きっと前みたいに戻れる。

だって私たちは、親友だったのだから。

そんなあまりにも滑稽(こっけい)な願望を、最後まで捨てきれなかった。

「悪いんだけど、ミカとナナミは出ていってくれる？」

怜南が言うと、ふたりはなぜか楽しそうに出ていった。

怜南とこうして向かい合うのはいつ以来だろう。

「なに？　ふたりっきりならあたしが謝るとでも思ってんの？」

「教えてほしいの。なんでこんなことするの？　私のなにが、〝なんか違う〟の？」

「……やっぱり聞いてたんだ」怜南は分が悪そうに眉をひそめた。

「だから、そういうところがもう違うんだって」

怜南はこれ見よがしにため息をついた。

「ていうか、茉優も茉優だよ。なに被害者みたいな顔してんの？　先に喧嘩売ったの茉優だよね？」

「なに言ってるの？　私は喧嘩なんか売ってない」

「無自覚なとこがなおさら質悪いんだって。茉優が空気読めないこと言うたびにあたしまでひやひやしてたの。どんだけ神経遣ってたかわかる？　適当に合わせとけばいいのにさあ。あたしだって話についていけないときくらいあったけど、それでも無理して合わせてたんだよ。……じゃなきゃムネに振られちゃうかもしれないから」

「なんで急に宗像くんが出てくるの？」

「ムネとつき合い始めたとき、ミカとナナミと仲よくしてほしいって言われたの。

5

慟哭と救済

彼氏にお願いされたらそうするしかないでしょ？　あの三人って中学から一緒ですっごい仲いいの。だから嫌われるわけにいかないの。ミカとナナミに嫌われたら、ムネに振られちゃうかもしれないじゃん。……もしかしたら、どっちかとつき合っちゃうかもしれないし」

「でも、そういうの嫌いだって言ってたじゃん。無理に全部合わせる必要ないって……」

「だからさあ！」

叫び声と鋭い視線に臆して、思わず体が後退した。

淡々と話していた怜南の目が真っ赤に染まる。

「友達と彼氏は違うんだってば！　ムネだけには嫌われたくないの！　だから無理してでもミカとナナミに合わせなきゃいけないの！　なんでわかんないの!?」

全然わからなかった。なにより、質問の答えになっていない気がした。

私が知りたいのは、なぜ怜南が私のことを嫌いになったのか、だ。

怜南が言う理由の中に怜南はいない。

だからこそ、私の中にあるかすかな希望はまだ完全に消え去っていなかった。

最後の望みをかけて、それを口にする。

「怜南は……みんなに合わせてただけ、ってこと？　私のことが嫌いになったわけじゃ――」

「嫌いだよ！」

――ないんだよね。

最後まで言えなかった台詞が、粉々に砕けて落ちていった。

「いい加減にしてよ！　あたしが今どんだけ気遣って言ってあげてるかわかんない⁉　なんで一から十まで全部言わなきゃわかんないの⁉　普通それくらいわかるでしょ⁉　そういうところが違うんだって言ってるの！」

「……わかんないよ。だって」

「あたし聞いてたの！」

真っ赤に染まっている怜南の目に、涙が滲んだ。

「ミカとナナミが言ってたこと、聞いてたの。ムネが最初は茉優狙いだったって、未だに茉優がタイプだって言ってるって、全部聞いてたの！　お洒落でもない地味なあんたを！　そんなの許せるわけないでしょ⁉」

5

慟哭と救済

怜南の頬に、涙が落ちた。

「ムネが最初は茉優狙いだったことくらいわかってたよ！　ミカとナナミがあたしのこと見下してるのもわかってた！　でも頑張って、頑張って頑張ってやっとつき合えて、ムネに好きになってほしくて、ミカとナナミに嫌われないように神経尖らせて、こんなに努力してるのに！　あんたがあたしのこと庇ったとき、あたしがどんだけ惨めだったかわかる⁉」

泣き叫ぶ怜南に、一緒に笑い合っていた頃の面影は微塵もなかった。

まるで知らない人みたいだった。

「わかんないなら何回でも言ってあげる！　嫌いなの！　あんたなんか大っ嫌い！」

私は馬鹿なのだろうか。これは現実逃避でしかないのだろうか。

どれだけ怜南の言葉を聞いても、なにひとつ理解できないのだから。

こんなにも嫌われてしまった理由が、どうしてもわからないのだから。

「あんたなんか死ねばいい！」

かすかな希望が絶望に吸い込まれたとき、ただでさえ不安定だった私の世界がぐにゃりと歪んで壊れた。

ふいに視線を落とせば、私のペンケースから落ちたのだろうカッターが目に入った。

気づいたらそれを握りしめていた。

立ち上がると、怜南の顔が青ざめた。

悲鳴を漏らしてあとずさる怜南をぼんやりと眺めながら、私は刃先を向けた。

*

なぜそうしたのか、そのときは自分でもわからなかった。

だけど、今ならわかる。はっきりとその言葉が浮かんでいる。

「なんで私が死ななきゃいけないのって——あんたが死ねばいいじゃんって、思った」

殺されそうになったという怜南の主張は正しかった。だって私は、カッターを握ったあの瞬間、たとえほんの一瞬でも、明確な殺意を抱いてしまったのだ。

5

慟哭と救済

刃先を怜南に向けたまま、勢いをつけて突進すればいい。
そうしなければ、この地獄から解放されない。
あの瞬間の私にとって、警察に捕まることよりも、そっちの方がずっと怖かった。
復讐はなにも生み出さないなんて綺麗事だ。
だって私は、あの瞬間——怜南を殺そうと思った瞬間、ほんの少しだけ、楽になった。
「だけど……できなかった」
動かなければなにも終わらない。
壊れてしまった世界を、ずっとさまよわなければいけなくなる。
頭ではわかっているのに、体が動いてくれなかった。
体中を駆け巡ってしまったのだ。
怜南と過ごした日々が。私に向けてくれていた、怜南の笑顔が。
——茉優はそういうのないからつき合いやすいっていうか。一緒にいて楽しいし。

――それ、茉優は悪くなくない？

――そんなことで怒る方がおかしいよ。しかも仲間増やしていじめるなんて、あたし嫌いだなーそういうの。

――あたしは茉優のこと大好きだけどな。

――一緒にいてこんなに楽なのも楽しいって思えるのも初めてだから。

――あたしは茉優とならずっと友達でいられそうな気がする。

怜南がくれた、到底忘れることのできない、言葉たちが。

「だから」

――あのとき、本当は。

「殺せないなら、自分が死ねばいいんだって、思った」

――自分を刺そうとしたんじゃないの？

朔の言う通りだった。私はあの瞬間、振りかざした両腕を自分のお腹めがけて下ろそうとしたのだ。

脳裏に再生されていた怜南との思い出が途切れた瞬間、怜南に言われた『死ね』が、そしてずっと聞き流していた、何度も囁かれた『死ね』が、頭の中でこだました。その言葉だけに支配され、世界中の人に嫌われてしまった気がした。生きる資格さえも剥奪（はくだつ）されてしまったような錯覚を覚えた。

この世界のすべてが、怖くなった。

——おまえが死んだって誰も悲しまねえよ。

そうかもしれない。

学校にも家にも私の居場所なんかない。

お母さんには恵茉がいる。むしろ私がいなくなれば、大きな悩みの種がなくなって清々するかもしれない。これからはお父さんと恵茉と三人で平穏な日々を過ごせるだろう。

私さえいなくなれば——。

朔への感謝は庇ってくれたことだけじゃない。

朔が来なければ、私はもうこの世にいなかったかもしれないのだ。

「どうしても、わからないの。なんでこうなっちゃったのか」

キモイ、死ね。幽霊になった日から、何度もそう囁かれた。

ひと言でも言い返していれば、あんなことをせずに済んだのかもしれない。仲間を作って味方につけてやり返していれば、表面上は笑っていられたのかもしれない。

だけど、そんなこと絶対にしたくなかった。感情のままに人を傷つける人間になんて、平気で『死ね』という言葉を口にする人間になんて、絶対になりたくなかった。その一線を越えた瞬間、本当に負けだと思った。自分が完全に壊れてしまうと思った。

だから、ずっと自分に言い聞かせていた。負けるもんか。なにを言われても、なにをされても、絶対に負けない。いじめなんかに屈してたまるか。絶対に乗り越えるんだ、と。

だけど、私は。

ひとりで耐え続けられるほど強くなかった。もう無理かもしれないと感じたとき、すでに誰かを信じて助けを求める気力や勇気がなくなってしまっていた。

「私は……ただ、普通に過ごしたかった」

一緒に授業を受けて、机の下に隠したスマホで『この先生の授業つまんないよねー』なんてメッセージを送り合って。休み時間になれば誰かの席に集まって、話して、笑って、昼休みは一緒にご飯を食べて、笑って。今日は放課後どうする?なんて、結局カラオケくらいしか浮かばないのにあぁだこうだ相談して。

家に帰れば、たわいもないメッセージや写真を送り合って、また次の日に会ったら、おはよう、昨日楽しかったね、と笑って、また同じような一日が始まっていく。

5

慟哭と救済

ただそれだけでよかったのに。

そんな〝普通〟が、どうしてこんなにも難しいんだろう。

どうして私は、みんなと同じようにできないんだろう。

「話してくれてありがとう」

いつの間にか、膝の上で拳を握りしめていた。

震えている拳に、朔の手が重なった。

朔は、私に負けないくらい泣いていた。

私の拳に添えていた手を離し、両手で私をぎゅっと抱きしめた。

「茉優が生きていてくれて、よかった」

＊

帰る頃には、すっかり暗くなってしまっていた。玄関には亜実ちゃんの靴(くつ)がある。家を出る前に一応連絡をしておいたけれど、心配しているかもしれない。

洗面所に寄って鏡を見れば、我ながらとんでもなく不細工だった。目も顔も真っ赤で、まぶたはぼってりと腫れている。涙は拭いたのに、頬にも顎(あご)にも痕がくっきりと残っていた。ごまかせる気はしないけれど、一応軽く顔を洗った。

朔と一緒に、泣いた。

吐き出した言葉や涙と共に、氷の塊がまた少しずつ溶けていった。

──茉優が生きていてくれて、よかった。

朔が一生懸命に紡いでくれたたくさんの言葉は、形を成して私の中に芽吹いている。きっと一生忘れることはないだろう。

私は、二度も朔に救われた。

顔を拭いて洗面所を出る。廊下を歩き進めてリビングのドアに手をかけたとき、

「──ごめんね、延長してもらっちゃって。……うん、ありがとう。うん、たま

5 慟哭と救済

には実家でのんびりしてて。こっちは大丈夫だから」

海に行った日と同じような、私と話すときよりずっと落ち着いた声が聞こえた。

話の内容からして、電話の相手は旦那さんだろうか。

あれ？　実家？

考えている間に、電話を切った亜実ちゃんがリビングから出てきて鉢合わせてしまった。私の姿を見て「わっ」と声を上げる。私も亜実ちゃんの声に驚いてびくっと跳ねてしまった。

こんがらがっている頭のせいで言葉が出てこない。

だって、私が今こうして居候させてもらっているのは……。

「嘘ついててごめん。茉優が来てる間だけ、旦那には実家に帰ってもらってたの」

私が聞いていたことを察したらしい亜実ちゃんは、降参(こうさん)したように小さく息を吐いた。

「え……でもお母さんは、旦那さんが出張でいないから遊びにおいでって言ってるって……」

「そういうことにしてもらったの。だってそうでも言わなきゃ遠慮するでしょ？べつに気にしなくていいからね。会社だって実家からの方が近いし」

亜実ちゃんは嘘をついていたのか。もしかしたら今日の用事というのも、旦那さんと会っていたのかもしれない。

この家に来てからの亜実ちゃんの言動が思い出されたとき、いろいろと合点が行って体の力が抜けた。

「亜実ちゃん、やっぱり全部知ってたんだね。私が起こした事件のことも、……いじめられてたことも」

仕事のキリがいいというのも嘘だ。テーブルの上で開かれているパソコンの画面には、執筆途中の小説らしきものが表示されている。もしかすると、いつも眠そうにしていたのは私が寝静まった深夜に仕事をしていたからなのかもしれない。

十七歳の少年が殺人未遂で逮捕されたというニュースを消したのは、『いじめ』『刺殺』という単語を私の耳に入れないようにしてくれたのだ。

『Aではない君と』を読ませてくれなかったのだって同じ理由だ。壮絶ないじめを受けていた少年が、同級生を刺殺してしまう話なのだから。

5 慟哭と救済

自分勝手に感じていた亜実ちゃんの言動には、意味があったんだ。

亜実ちゃんも朔と同じように、優しい嘘をついてくれていたんだ。

きっと、私の心を守るために。

「事件のことは……お姉ちゃんから聞いてる。黙っててごめん。いじめのことは、ただそうなのかなって思っただけ。でもわたしが知りたいのは、茉優の身になにがあったのか、茉優がなにを思ってるのか、なの」

亜実ちゃんの姿を目に映しながら、耳には朔の声が響いていた。

――世界が真っ黒に見えてた。誰も信じられなくて、なにもかもが怖くて、孤独に押しつぶされそうだった。

「亜実ちゃんはなんで……遊びにおいでって言ってくれたの？　あの日のこと知ってたなら、なんで私なんかのこと受け入れてくれたの？」

――手を差し伸べてくれる人がいることも、なにがあっても守ってくれて、信じてくれる人がいることも知った。

「どこでもいいから、とにかく逃げ出したかったんでしょ？」

――辛いときは、辛いって、助けてって叫んでいいんだよ。人を信じるって簡単じゃないし怖いけどさ。

ほんとだね、朔。

信じるのって難しいね。すごくすごく、怖いね。

だけど私は、お母さんに亜実ちゃんの家へ行くことを提案されたときに心のどこかで思ったのかもしれない。亜実ちゃんにならいつか話せるかもしれないと。

いつも笑って私を受け入れてくれた、亜実ちゃんになら。

「……けて」

——俺らが思ってるより、世界はちょっとだけ優しいよ。

信じても、いいのかな。

私にも手を差し伸べてくれる人がいるって、信じてくれる人がいるって、信じてもいいのかな。

こんな真っ暗な世界の中にも、ちょっとくらいは光があるって、信じてもいいのかな。

「助けて、亜実ちゃん……」

亜実ちゃんは私の肩を抱いてソファーに座らせ、片方の手で私の手を握り、もう片方の手で背中をさすってくれた。

朔に話したことを亜実ちゃんにも話し、そして朔に言えなかった言葉を亜実ちゃんに向けて吐き出した。

氷の塊は、まだ完全に溶けきっていない。

「学校で友達にハブかれてるなんて、親友に嫌われちゃったかもしれないなんて、いじめられてるなんて、どうしても……お母さんに言えなかった」

恥ずかしい、というプライドみたいなものはある。だけどそれ以上に、話そうとするたびによぎってしまうのだ。小三の頃の記憶が。

怪我をさせてしまったのは本当に偶然だった。それでもお母さんは私の話を聞いてくれなかった。あのときと同じことを言われるのが怖かった。怖い、と口に出すことは、もっと怖かった。

だけど一度だけ言おうとしたことがある。

夏休み中、ずっと家にいる私を見てお母さんが声をかけてくれたとき。

――最近全然遊びに行かないじゃない。友達と喧嘩でもしたの？

まさか訊かれると思っていなかった私は驚いて、すぐに返せなかった。だけど、気にかけてくれたことが嬉しかった。心配してくれたのだと、今度こそ私の話に耳を傾けてくれるのだと思った。

どう答えるべきか、どう言えば伝わるか考えを巡らせていると、お母さんは呆れたように息を吐いた。

——また茉優がなにかしたんじゃないの？

お母さんの姿が、じわじわと闇に包まれていった。

私は、そうかも、としか返せなかった。

「あの日、お母さん、何度も何度も頭を下げてた。怜南に、怜南の親に、先生たちに、何度も何度も。……私、とんでもないことをしたんだって、やっと気づいて。学校にいるときも、家に帰ってからも、お母さん、一度も私を見てくれなかった。だからお母さんに、朔にも、ちゃんと謝らなきゃって思って……」

——お母さん。

背中に呼びかけると、お母さんは緩慢(かんまん)な動作で振り向いた。

「だけど……お母さん、私を見てくれなかった。まるで私の存在が見えてないみたいに、虚ろな目で、泣いてた」

——育て方を間違えたお母さんが悪いんだよね。

そう呟いて再び私に背中を向けたお母さんは、リビングのドアを開いて私の視界から消えた。

パタン、とドアが閉まった瞬間、お母さんの明確な拒絶を感じた。

あの日のお母さんの顔を忘れられない。

私の話なんて聞くつもりすらない、非難するだけの目を。

まるで得体の知れない怪物を見るかのような、怯えた目を。

そして勝手にスマホを見ようとされたとき、もう私と話すつもりはないのだと思い知らされた。

「あんな事件起こして、お母さんに失望されるのは、見放されるのは当たり前だって、頭ではちゃんとわかってるの。だけど——」

どうしても思ってしまうのだ。

たとえ、世界中の人に私の話を聞いてもらえなかったとしても。

たとえ、最終的に咎められるとしても。

たったひとりにだけは――。

「お母さんにだけは……なにがあったのって、訊いてほしかった。私の話を、聞いてほしかった」

私の肩を抱いている亜実ちゃんの手に、ぎゅっと力がこもった。

顔を上げて、目を合わせて、誰にも言えなかった問いを吐き出す。

「ねえ、亜実ちゃん」

『Aではない君と』のある一文を読んだとき、どうしようもなく共鳴して涙が止まらなくなった。

〝心とからだと、どっちを殺したほうが悪いの?〟

物語の中の少年と私の苦しみなんて比べものにならない。

だけど私も、あの日からずっと考えていた。

「心と体と、どっちを傷つける方が悪いの?」

亜実ちゃんは悲しげに顔を曇らせて、ただ私の目を見つめていた。

そして私の問いに答えず、

「茉優は、優しいね」

5

慟哭と救済

ありえない言葉を言った。

「なに……言ってるの？　たとえ一瞬でも、本気で怜南を刺そうとしたんだよ。普通じゃないいって何度も言われてきた。私、やっぱりおかしいんだよ」

「だけど思いとどまった。人を傷つけるより、自分を傷つける方を選んだんでしょ？」

私の両頬に手を添えて、親指で涙を拭う。少し迷うような素振りを見せながら、ゆっくりと私の二の腕に触れた。ずっと服で隠していた、傷だらけのそこに。

亜実ちゃんは二の腕の傷痕のことも知っていたのか。

「辛かったね。頑張ったね、茉優。……だけど、お願い。もう自分を傷つけようとしないで。お願いだから、生きて」

何度も襲われて何度も必死に抑えてきた衝動を、涙と叫びに変えて亜実ちゃんに吐き出した。亜実ちゃんはそれを受け止めるように、激しく上下する私の肩を抱き寄せた。

「茉優が生きていてくれることが、わたしが生きる理由のひとつになるの」

茉優は泣き疲れて眠った。頬に残っている涙の痕を指先で拭う。

――辛かったね。頑張ったね。

なんて陳腐な台詞だ。仮にも小説家が聞いて呆れる。

同時に、わたしは大人としても失格なのだろうな、と思う。

友達に明確な殺意を抱いてカッターを向けたという茉優に、言うべき台詞はわかっていた。大人として、仮にも保護者代わりの身として、言わなければいけなかった。

人に刃物を向けるなんて、殺そうとするなんて、絶対にしてはいけない。もう二度とそんなことしないで、と。

わかっていたのに、ちゃんと言ってあげられなかった。

計り知れないほどの傷をひとりで抱え続け、この小さな体ですべてを背負い込み、まるでこの世の終わりかのように泣き叫ぶ少女に、なぜそんなことが言えるというのだろう。

―――心と体と、どっちを傷つける方が悪いの？

その問いには、もっと答えられなかった。

思ってしまったのだ。

そうすることで茉優の心がほんの少しでも楽になるのなら、茉優が生きていてくれるのなら、ちょっと体を傷つけるくらいよかったのではないか、と。茉優の心が壊れてしまうくらいなら、そっちの方がましだ、と。

大人としてどころか、人として間違っている。絶対に口にしてはいけない台詞だ。

だけど、紛れもないわたしの本心だった。

茉優がいなくなってしまったら、わたしはどれほど嘆（なげ）き後悔するだろう。どれほどの涙を流し、どれほど生きる気力を失うだろう。

わたしにとって茉優は、言葉に表すことができないほど大切で、愛おしくて、かけがえのない存在だ。

どうか、この思いが茉優に伝わってくれたらいい。

あなたを心から愛している人間は、必ずいるのだと。

茉優が家に帰ると言ったのは翌朝だった。

わたしや夫に気を遣わなくていいと言ったが、茉優は首を横に振り続けた。姉に連絡すると、夕方に迎えに来ることになった。〈喫茶かぜはや〉には行かず、家でのんびり過ごす。茉優がそうしたいと言ったからだ。

わたしも同じ気持ちだったが、朔に会わなくていいの?と訊いてみたら、へ?なんで?と言われてしまった。朔の気持ちなどわたしは秒で察したが、どうやら茉優はまるで気づいていないらしい。

恋ではなくとも、茉優にとっても朔は特別な存在になりつつあるのではないだろうか。朔と話すようになってから茉優の表情が少しずつ柔らかくなり、本来の明るさを取り戻してきているのは明らかだ。とはいえ、朔にとっては長期戦になるだろう。気の毒に思いながら、敦志に経過報告をしてもらおうと密かに心に決める。

簡単に昼食を済ませ、コーヒーを淹れてソファーに座る。ここに来たばかりの頃の茉優はほとんど食べられなかったが、少しずつ食欲を取り戻してきたようだ。

5

慟哭と救済

映画でも流そうとリモコンを手にしたとき、茉優が唐突に言った。

「学校、どうしようかな」

驚いて、つい「行くの？」と口走ってしまった。

昨日の様子を見る限り、もう行けないだろうと思っていたのに。

「行くかは……正直まだわからないけど。ずっとこのままってわけにもいかないし、ちゃんと考えなきゃ。でもまあ、もう一か月くらい行ってないから留年してると思うけど。単位落としちゃった教科あるだろうし」

「それは大丈夫だと思う。休学扱いになってるはずだよ」

「え……なにそれ、なんで？」

「そんなのひとつしかないでしょ」

姉と茉優の担任は、茉優の今後について何度も相談を重ねていた。ふたりの意見は『茉優が学校に戻れるようにしたい』で一致していた。その甲斐あって、茉優は停学が明けた翌週からずっと休学扱いになっている。すでに単位を落としてしまった教科もあるが、担任が無理を通してくれた。

姉からの電話は、茉優の様子を話すだけではなく、経過報告も兼ねていた。

黙って聞いていた茉優は、戸惑いをあらわにした。

「でも……お母さんはもう、私のこと見放したんじゃないの？　私が亜実ちゃんの家に行くって言ったときだって、ほっとした顔してたんだよ。厄介払いしたかったんじゃないの？」

「違うよ。茉優がうちに来るって決まったときに言ってた。今の自分はなにをしても茉優を追い詰めちゃってるって。このままだと茉優のことを壊しちゃいそうで怖い、って」

茉優の反応を見る限り、これも知らなかったのだろう。

ちょっと呆れて、ふう、と息を吐いた。

休学の件もそうだが、姉は大事なことを茉優に言わなさすぎる。

「茉優がお姉ちゃんとの接し方がわからないのと同じくらい、お姉ちゃんも茉優との接し方がわからないんだよ。だから昔からわたしに茉優の話ばっかりしてくるの。茉優は亜実に似てるからって」

「私の愚痴言ってたんじゃなかったの……？」

「違うよ。お姉ちゃんなりに茉優のことを理解したかったの。私は母親なんだから、ちゃんと子供のことを全部わかってあげなきゃいけないんだってよく言ってた。べつにそんなことないと思うし、知りたいなら茉優に直接訊けばいいんだけどね。まあ、不器用な人だから」

　黙って俯いた茉優の手を、ぎゅっと握る。

「大人なんて、全然完璧じゃないよ。壁にぶち当たれば悩んで迷って立ち止まって、そのたびに適当な理由で取り繕(つくろ)って、諦めることと逃げることばっかりうまくなっていくの。だけど、お姉ちゃんは諦めなかったんだよ。茉優のことは諦められなかったの。茉優を愛してるからだよ」

　それくらい、本当は茉優だってわかっているはずだ。ただ心が追いつかないのだろう。わたしも昔はそうだった。

　わたしと母は、どうも折り合いが悪かった。

ひと言でまとめてしまえば、とにかく性格が正反対なのだ。母は姉と同じく真面目一筋で生きてきた人間で、わたしは我が強く奔放(ほんぽう)だった。衝突したことも一度や二度ではなかった。

　母を嫌っていたわけではない。嫌われていると思っていたわけでもない。だからこそわかり合えないことが寂しくて、母の思うような娘になれないことが苦しかった。わたしが高校を中退するときも、母はわたしのことが理解できないと言って泣いていた。

そう、虚勢を張って自ら人間関係を壊したわたしは、結局耐えきれずに中退したのだ。

その後、母と面と向かって衝突することはなくなった。といっても、決していい方向に傾いたわけではない。喧嘩すらしないほど距離が空いただけだ。今思えば〝普通〟からはみ出してしまった我が子を受け入れるのは容易ではなかったのだろう。

母はわたしになにも言わなくなったし、わたしもそれとなく母を避けるようになった。当然家にもいづらくなり、アルバイトをしながらお金を貯めて、高校中退の私を社員として雇ってくれる会社を見つけるとすぐに家を出た。

わたしと母は、お互いを諦めたのだ。

だからこそ、思う。

姉と茉優には、お互いを諦めてほしくない、と。

5

慟哭と救済

「大人は完璧じゃないって、さっきも言ったけど。でも、偉そうに聞こえるかもしれないけど、経験っていう武器だけはある。だから、今後のことを一緒に考えたり、選択肢を増やすことくらいはできると思うんだよ」

わたしの言葉は、茉優にどう聞こえているだろう。

説教くさく聞こえていないだろうか。偉そうだと思われていないだろうか。大人のエゴだと思われていないだろうか。茉優の心の傷を突いてはいないだろうか。

少し不安になりながら、わたしは続けた。

「学校だって、無理に復学させたいわけじゃなくて、〝学校に戻る〟っていう選択肢を残したかったんだよ。学校じゃなきゃ学べないことってやっぱりあるし、学校を卒業してないとどうしても将来の選択肢が狭まるし……それだけで生きづらさを感じる瞬間があるから。だけど、綺麗事かもしれないけど、自分の心を殺してまでやらなきゃいけないことなんてきっとないってわたしは思う。お姉ちゃんだって同じ気持ちじゃないかな」

それは過去の自分にも向けた台詞だったのかもしれない。

わたし自身、誰かにそう言ってほしかったのだ。

当時のわたしの世界は恐ろしく狭かった。家と学校しかなく、けれどそのどちらにも居場所を見出せず、どうしようもなく苦しかった。

頼れる大人が近くにいなかった。いたのかもしれないが、わたしは誰に頼ればいいのかわからなかった。大人といえば親か教師しかおらず、そのどちらにも胸中を打ち明けられず、ただひたすら、ひとりで抱え込むことしかできなかった。

そんな、夜の海で溺れているみたいにもがき苦しんでいたあの頃のわたしにも、たったひとつだけ光があった。

——亜実ちゃん、亜実ちゃん。

姉の家に遊びにいくたびに、茉優はにこにこ笑って何度もわたしの名前を呼んでくれた。わたしが『茉優大好きだよ』と言えば、『茉優も亜実ちゃん大好き』と目いっぱい笑うのだ。

「わたしは茉優のお母さんでもお姉ちゃんでもないし、わたしにはわたしの生活があるから、ずっとそばにいてあげることはできない。きっと救ってあげることもできないし、心を軽くしてあげられるような言葉も浮かばない。だけど逃げ場くらいにはなれると思うし、なりたいと思ってる」

5

慟哭と救済

──環境を変えてみるのもいいんじゃないかと思って。

茉優をどこかに逃がしてあげたかった。当時のわたし自身、とにかく逃げ出したくて、だけど逃げ場がなかったからだ。

辛いとき、大切な存在だからこそ頼れないときがある。親子という一番近い存在だからこそ、どうにもうまく噛（か）み合わず、わかり合えないときがある。だから、中途半端な位置にいるわたしが逃げ場になってあげられたらいいと思った。

窺（うかが）うように茉優を見つめる。すると茉優は、ゆっくり顔を上げた。

「ありがとう、亜実ちゃん」

柔らかく微笑んだ茉優に、ほっと胸を撫で下ろした。わたしの思いをうまく伝えられた自信はないが、茉優はしっかりと受け止めてくれたのだろう。

共に過ごした日々の中でわかったことがある。

姉やわたしが思っているより、そして当時のわたしよりもずっと、茉優は強い。

きっと自分の足で立ち上がり、自分で道を切り拓（ひら）けるだろう。

どれだけ時間がかかっても、きっと。

あと十分ほどで着くと姉から連絡が来たため、マンションのエントランスで待つことにした。

茉優は緊張しているのか落ち着かないようだ。

わたしはわたしで、素直に寂しさを感じていた。

茉優がこの家にいたのは短い間だったが、かけがえのない日々だった。少しはしゃぎすぎてしまったかもしれない。どれだけ茉優に呆れられても、茉優と過ごす日々が嬉しかったのだ。

もうすぐこの場を去る茉優の横顔を見ながら、ふと思い出す。

幼い頃の茉優を。そして、医師に告げられた日のことを。

「わたしね、子供できないの」

唐突に言ったわたしに、茉優は弾かれたように振り向いた。目をまんまるに見開いて、口をぽかんと開けている。

それほどショッキングなカミングアウトだっただろうか……？

「いや、急にごめん。なんていうか、こういう風に過ごすなんてわたしにとっては奇跡（きせき）みたいなもんだし、すごい楽しかったから、ありがとうって言いたくて」

5 慟哭と救済

「ごめん！」

我に返った茉優は、前のめりに言った。

「ごめん。私ひどいこと言った」

「えっ？　なに？」

「結婚してるのに子供のこと考えないなんて変だって」

そういえば、そんなことを言われたような気がしなくもない。

「いいよべつに。気にしてないし」

「でも……ごめんなさい」

しゅんとする茉優を見て頬が緩んだ。

ちょっと鈍感すぎるところもあるが、自分の非を潔く認める素直さを持っている。

「うん。もういいよ」

マンションの前に一台の車が停まる。

茉優は大きく深呼吸をして、床に置いていた荷物を持って立ち上がった。

わたしも立ち上がり、わたしよりも少しだけ低い、けれど記憶よりずっと大きくなった茉優の頭に手を乗せた。

「子供のこと、旦那さんも知ってるんだよね」

「うん。結婚する前に全部話した」

「そうだったんだ。ほんとに、世界一素敵な旦那様だね」

「でしょ」

視界の端で、車から姉が降りたのが見えた。久しぶりに見る娘の姿を心配そうに窺っている。

姉には申し訳ないが、もう少しだけ茉優と話していたい。

「今思えば、茉優にはわたしが経験できなかったはずの幸せをたくさんもらった。高校のときも、わたしがなんとか耐えられたのは茉優がいたからなんだよ。どんなに辛いことがあっても、茉優の笑顔にたくさん救われてきたの。だからわたしは、なにがあっても絶対に味方だからね」

子供ができない体だと知ったのは二十歳の頃だった。それほど動揺しなかったと思う。

若さゆえにぴんと来なかったのかもしれないが、その後も深く悩むことはなかった。

「私も、たくさんたくさん、亜実ちゃんに救われたよ。ありがとう」

「そっか。役に立てたならよかった」

「辛くなったら……また来てもいい？」

「当たり前でしょ。いつでもおいで」

目に涙を浮かべた茉優は、それをこぼすことなく、強く頷いた。

今になって思う。

悩まずにいられたのは、間違いなく、茉優という存在がいたからだと。

そして、すべてを知ったうえで受け入れてくれた夫も。

「愛してるよ、茉優。これからも、ずっと」

穏やかに微笑んだ茉優に微笑み返し、手を振った。

わかっている。

心の傷が癒えたわけではない。こんな簡単に癒えるはずがない。もしかしたらこの先もずっと記憶の奥底に張りついて、それが時折姿を見せて苦しむことがあるかもしれない。

だけど、どうか。

苦しんだあとは、また笑ってくれたらいい。

「頑張れ、茉優」

去っていく小さな背中を見送りながら、茉優には言えなかった——あえて言わなかった言葉を呟いた。


頑張れ。頑張れ、茉優。

なにがあっても、茉優ならきっと大丈夫だよ。

茉優は、ひとりじゃないから。

6 未来

亜実ちゃんの家から帰ってきて、二週間が経った。

悪夢を見る頻度は減っていた。おかげでぐっすりとまではいかないものの、以前よりは眠れるようになってきた。食欲も、まだ完全にとはいえないけれど戻ってきている。

二の腕の傷も薄くなっていた。夜ひとりで部屋にいると、どうしても激しい衝動に駆られるときがある。だけどなんとか堪えられた。公園でお互いの傷痕を見せ合った日、朔が言ってくれたからだ。

――この傷の何倍も、何十倍も、もしかしたら何百倍も、心が傷ついてるんだよね。

――心の傷は見えないから、目に見える傷くらいちゃんと見せてほしい。

そして、亜実ちゃんが手を添えてくれたからだ。温かい手の感触を思い出すと、まるで亜実ちゃんの手が今でも傷痕を包み込んでくれているような心地がした。

学校にはまだ行けていない。

文化祭も出られなかった。

お母さんとも、まだちゃんと話せていない。

6 未来

ただでさえ近いとはいえなかったお母さんとの距離が、たったの一か月半で信じられないほど空いてしまっていた。今までお母さんとどう接していたのかすらよく思い出せない。十七年間も一緒に暮らしてきたのに、おかしな話だ。

だけど、うまく言葉にできないけれど、なにかが変わったような気がしていた。得体の知れない怪物を見ているようだと思っていた顔つきは——私も願望も混ざっているかもしれないけれど——心配してくれている顔なのだと思えるようになった。もちろんスマホを勝手に見られることもない。もしかすると、亜実ちゃんがお母さんになにか言ってくれたのかもしれない。

目に見える変化は、私の部屋から制服がなくなったことだ。

普段は壁にかけてあったのに、亜実ちゃんの家から帰ってくるとなくなっていた。クローゼットの中にもない。ただずっと着ていないからしまっただけなのか、あるいは私の目に入らないようにしてくれたのか。

訊くことはできなかった。学校へ行くと決めたわけじゃないのに、期待させてしまうかもしれない。下手をすればまた衝突してしまうかもしれない。もう少し時間がほしい。自分の中で整理ができたら、ちゃんとお母さんと話し合いたい。

深くなってしまった溝を、少しずつ埋めていきたい。

お母さんは、待っていてくれるだろうか。

ベッドに沈めていた体を起こし、スマホを手に取る。

メッセージの履歴の先頭は亜実ちゃんだ。居候生活を終えてから、亜実ちゃんはよくメッセージを送ってくれるようになった。といっても『部屋掃除した』とか『洗濯機が壊れた』とか『〆切やばい助けて』とか、わりとどうでもいい内容ばかりだ。私がスタンプを返すと、それ以上は返ってこない。

たったそれだけでも、私を気にかけてくれていると思うだけで安心できた。

決して前みたいな日常を取り戻せたわけじゃない。

すべてがほんの少しずつで、まだまだ時間がかかりそうだ。

それでも、止まっていた時間が動き出しているような気がした。

ほんの少しずつ、息ができるようになっていた。


お風呂に入るため着替えを持ってドアを開けると、

「いった！」

6

未来

ゴン、という鈍い音と悲鳴が同時に聞こえた。驚きながら半分しか開かなかったドアから廊下を覗くと、しゃがみ込んでいる恵茉が両手で頭を抱えていた。

「あ、ごめん」

「急に開けないでよ！　それか先に声かけてよ！」

「え……？　ご、ごめん」

涙目で理不尽な文句を言う恵茉の足下には、ご飯が乗ったトレーがある。あの日からずっと部屋にこもっていた私に、お母さんはこうしてご飯を運んで部屋の前に置いてくれていた。ずっとおかゆや麺類だったのに、なぜか今日はハンバーグだ。

そんなに勢いをつけて開けたつもりはないけれど、恵茉はまだ頭をさすりながら立ち上がった。

「亜実ちゃんから、お姉ちゃんの食欲戻ってきたみたいだって聞いたんだって。それにしても急にハンバーグはやりすぎだと思うけど。しかもでかすぎだし。いくらなんでも張りきりすぎ」

「ほんとだね。それに私、べつにハンバーグが好きってわけでもないのに」

「それも言った。でもなんか、子供の頃ハンバーグ大好きだったからって。いつの話してんだか」

そういえば、幼稚園くらいの頃はハンバーグが大好きだった。

恵茉の言う通りいつの話をしているのだという気持ちと、覚えていてくれたという嬉しさが同時に湧いた。

「あのさ。私のこと気にしなくていいから。お姉ちゃんが……したことも、学校行ってないことも、もしやめたとしても、私にダメージないっていうか」

目を泳がせながら言葉を濁してくれた姿を見て、恵茉の学校でも私のことが噂になっているのだと察した。

自分やお母さんのことで頭がいっぱいだったけれど、恵茉だって巻き添えを食っていたのだ。

「受験生なのに、迷惑かけてごめんね」

「だから、気にしなくていいって言ってるの。学校でなにか言われるとかもないし、言われても余裕で跳ね返せるし、それくらいでメンタルやられないし。ていうかそっこー先生にチクって終わらせるし。あとお母さんの期待とかプレッ

6 未来

シャーとか全部私に降ってきても余裕で応えられるし。とにかく、全部余裕なの。伊達に長年優等生やってないから。だから、その、」

　あまりにも不器用なフォローに、つい笑ってしまった。

「恵茉ってほんとお母さん似だよね」

「なに急に」

「ううん、なんでもない。ありがとう、恵茉。ご飯、せっかく運んでくれたのに悪いんだけど……今日はリビングで食べようかな」

「え？　私もう食べちゃったよ」

「え？」

「な、なんでもない！」

　くるりと体を反転させた恵茉は、なぜか慌てて自室に走り込んでいった。


　リビングにお母さんはいなかった。電気がついているから、寝たわけではなくお風呂にでも入っているのだろう。久しぶりにダイニングの椅子に座って、少し冷めてしまったハンバーグをひと口食べる。大きすぎるうえチーズがたっぷり入ったハンバーグは、今の私の胃袋には重すぎる。だけど、不器用なお母さんの愛情が詰まっていた。

なんとか半分ほど食べたとき、背後から物音がした。

振り向くと、お母さんは目をまんまるに見開いていた。

「ちょっと大きすぎだよ」

緊張をごまかすため冗談めかして言うと、お母さんはぎこちなく頬を上げた。

「ハンバーグ作るの久しぶりだったから、つい材料買いすぎちゃって」

「でも、おいしかった。すごく。ありがとう」

「よかった。亜実の料理、ちょっと味濃いでしょ。高校生くらいのときによく作ってくれたけど、全部しょっぱいか辛かった」

そんなことはなかったけれど、心の中で亜実ちゃんに謝りながら「そうだね」と返した。お母さんの中では、私も亜実ちゃんもまだ子供のままなのかもしれない。

「食べきれなかったら残してね」

「うん、ごめん、ちょっと食べきれないかも。でも残りは明日食べるから、冷蔵庫に入れといていい？」

「無理して食べなくていいんだよ。恵茉も残してたし」

「食べたいの。……お母さんが作ってくれたご飯を、ちゃんと、全部食べたいの」

「……うん。わかった」

目を逸らして呟いたお母さんの声は震えていた。

速足でキッチンから保存容器を持ってきて、私が残したハンバーグを手際よく入れていく。その姿を眺めながら、亜実ちゃんならお皿のまま冷蔵庫に入れるんだろうなあ、と思った。

――休学扱いになってるはずだよ。

亜実ちゃんから聞いた話を、私はお母さんに確認していない。

怖いからだ。

――無理に復学させたいわけじゃなくて、〝学校に戻る〟っていう選択肢を残したかったんだよ。

たとえそう思ってくれているのだとしても、本心では復学させたいだろう。娘

6

未来

が高校を中退するなんて嫌に決まっている。だけど私は、まだ復学する決意ができていない。かといって中退すると決めたわけでもない。自分でもどうしたらいいのかわからなくて、なかなか答えが出なかった。あやふやな状態で話して、今度こそ幻滅されるのが怖かった。

だけど、怖いのは私だけじゃなかったのかもしれない。

——茉優がお姉ちゃんとの接し方がわからないのと同じくらい、お姉ちゃんも茉優との接し方がわからないんだよ。

お母さんも悩んでいた。

——お姉ちゃんなりに茉優のことを理解したかったの。

お母さんは、私を見捨てたわけじゃなかった。

——知りたいなら茉優に直接訊けばいいんだけどね。

私だって、お母さんになにも言えていない。

「ねえ、お母さん。教えてほしいの」

「ん？」

「心と体と、どっちを傷つける方が悪いの？」

6 未来

弾かれたように振り向いたお母さんは、戸惑いをあらわにした。

私が訊くべき相手は、亜実ちゃんではなくお母さんだった。だけど家に帰ってきてからも訊けなかった。親として正論を口にするだろうと思っていたからだ。

そう、答えはわかっていた。だけどお母さんに真正面から正論をぶつけられて、素直に受け入れる自信がなかった。また反発してしまいそうだった。

思えば私は、ずっと心のどこかで言い訳をしていたのだ。

確かに私がしたことは許されないかもしれない。だけど私はいじめられていたのだと。どちらを取っても最悪な選択肢しか浮かばなくなってしまうくらい、心を傷つけられていたのだと。いじめを楽しんでいた怜南たちより、ただほんの一瞬カッターを向けただけの私の方が悪いのかと。たったそれだけで、私がされてきたことは、怜南たちの罪は、帳消しになってしまうのかと。

だけど、今なら。

お母さんの気持ちを知ることができた今なら、不器用な愛情を確かに感じることができた今なら、お母さんの言葉を真正面から受け止められる。自分の非を、過ちを、真摯に受け止められる。いや、そうしなければいけない。

お母さんは、真っ直ぐに私を見つめて口を開いた。

「どっちも、悪い」

お母さんの目を、じっと見つめ返した。

「心を傷つけるのは、もちろんいけないことだよ。でも、だからって人にカッターを向けていい理由にはならないの」

「……うん」

「どんな理由があろうと、人に刃物を向けるなんて、絶対にしてはいけないことなの。もう二度とそんなことしないで」

「……はい」

お母さんの顔がふいに緩んだ。笑顔でも怒っているわけでも悲しそうでもない、あるいはすべてが混ざったような、初めて見た表情だった。

お母さんは亜実ちゃんからどこまで聞いているのだろう。

自分の口からすべて話すべきか少し悩んで、やめた。このタイミングで言ったらこの期に及んで言い訳しているみたいだし、娘がいじめられていたことも自殺しようとしたことも、絶対に聞きたくないだろう。これ以上お母さんを傷つけた

6

未来

くない。

代わりに、たった今決めたことを口にする。

「私の制服って……どこにあるの？」

今言える限界の言葉を絞り出した。

「お母さんの寝室のクローゼットだけど……学校、行くの？」

行く、とはっきり言えなくて、小さく頷いた。

お母さんの手が動き、私に向けてゆっくりと伸びてくる。

ためらうように、それでも私の手をぎゅっと握った。

驚いてお母さんを見れば、目に涙を浮かべていた。

「無理しなくて、いいんだよ」

「……え？」

「もう、頑張らなくていいの」

緊張が一気にほぐれた瞬間、急速に嗚咽が込み上げた。

ああ、そうか。そうだったんだ。

私はずっと、お母さんにそう言ってほしかったんだ。

「お母さん、あのね」

「ん？」

「……ごめんなさい」

――茉優のことは諦められなかったの。茉優を愛してるからだよ。

どうせ聞いてくれないと諦めていた。

だけど同じくらい、どうしても諦められなかった。

お母さんと向かい合って、お互いの目を見て話したかった。

お母さんのことが、大好きだった。

「迷惑ばっかりかけてごめんなさい。いい子になれなくてごめんなさい。普通になれなくてごめんなさい」

「……茉優？」

「お母さんが望む娘になれなくて……ごめんなさい」

私の中で、私が叫んでいた。

幼い私が、小学生の私が、中学生の私が、今の私が、叫んでいた。

「私、頑張るから。だから、お願い」

お母さん、気づいて。話を聞いて。私を見て。

何度も何度も、声がかれても、叫び続けていた。

「私のこと、嫌いにならないで」

叫びの中に、お母さんの震えている声が紛れた。

「嫌いになんてなるわけないでしょう」

しゃくり上げる私の頬を、両手で包む。

「そんなこと言わせてごめんね……」

頬から手が離れ、今度は体ごとぬくもりに包み込まれた。

「気づいてあげられなくて、ごめんね……」

お母さんに抱きしめられた記憶はほとんどないのに、懐かしさを感じた。

確かにお母さんのぬくもりだと思った。

溶けきった氷が、涙と一緒に流れていった。

＊

6 未来

翌日の夜、私は自室でスマホと睨めっこしていた。

学校へ行くことを亜実ちゃんに伝えると、しばらく既読スルーされたのちに『がんばれ』というスタンプが返ってきた。きっとなんて返すべきか悩んでくれたのだろう。

『がんばる』とスタンプを返して、次にトーク一覧の二番目にあるメッセージを開いた。

右上の受話器マークをタップする。

「――は、はい!?　もしもし!?　茉優!?」

プル、くらいで電話に出た朔はなぜかものすごく慌てていた。私まで驚いてしまう。

「急にごめんね。今大丈夫だった？」

「全然大丈夫！　まじで！　いつでも！　絶対大丈夫！」

「そ、そっか。ならよかった」

「ど、どうしたの？　なんかあった？」

なぜこんなに慌てふためいているのか。もしかしたら忙しかったのかもしれない。

また改めようかと悩んだけれど、朔のことだから、たとえ忙しくても忙しくないと嘘をついてくれるだろう。

それに、勢いに任せなければ言えそうにない。今を逃せば、決意が揺らいでしまいそうだった。だから今は、素直に朔の優しさに甘えることにした。

「あのね、私……明日、学校に行こうと思って」

前みたいに、負けたくないと意地になっているわけじゃない。今の学校に通い続けると決めたわけでもなんでもない。全部がわからないままだ。

ただ一歩踏み出さなければ、ずっと答えが出ないと思った。

なにより、私にはやらなければいけないことがある。

会わなければいけない人がいる。

「……大丈夫？」

「どうなるか、わかんないけど。とりあえず、行くだけ行ってみようと思って」

大丈夫だよ、と言いかけて、やめた。

だって私は、全然大丈夫じゃないのだから。

6

未来

「実は……余計なことまで思い出させたくなくて言わなかったんだけど。秋休みが明けたくらいから、担任がクラス全員に話聞いて回ってるんだよ。その……いじめがあったんじゃないか、って。ホームルームでも、何回もいじめについて話してる」

「え……なにそれ。なんで……？」

「たぶんだけど、クラスの誰かが担任に言ったんだと思う」

まさかそんなことになっているとは思わなかった。

でも、どうしてだろう。あの日からもうずいぶん経っている。言い方は悪いけれど、どうして今さら急に変化が起きたんだろう。

しばらく考えて、はっとした。

「もしかして、朔の顔の怪我と関係ある？」

「へっ？」

電話越しでも朔があわあわしていることがわかる。

やっぱりそうだったんだ。

「ありがとう、朔」

6 未来

「いや、俺はなにも……担任に言ったのも俺じゃないし……」

「でも、朔がきっかけを作ってくれたんだよね」

朔は答えなかったけれど、もう一度「ありがとう」を伝えた。

感謝してもしきれないくらい、何度も私を救ってくれる朔に、精いっぱいの気持ちを込めて。

「あのさ、よかったら一緒に学校行かない？」

「ううん、ひとりで行けるよ」

「え、いや、でも……」

「私と一緒にいたら、きっと朔にも嫌な思いさせちゃうと思うから。もう巻き込みたくないの」

「いや、でも……違う、行こう！　俺が茉優と一緒に行きたいんだ！」

なにが違うのかはわからないけれど、正直ほっとしていた。

申し訳ないという気持ちはある。だけどそれ以上に、心強い。

「うん、わかった。ありがとう。朔はやっぱり優しいね」

「え、いや、優しいとかじゃなくて……」

「え?」

「あ、いや、うん。なんでもない……」

なにやらもごもごしている朔と待ち合わせの時間を決めて、電話を切った。

ベッドに寝転がり、天井を見上げる。

心が落ち着いている今思い返しても、あの日聞いた怜南の主張に納得できるかと訊かれたら、正直できなかった。何度考えても、そこに怜南がいないという気持ちは変わらない。

だけど、もう一度だけ怜南と話したかった。

——結婚してるのに子供のこと考えないの?

自分は普通じゃないと言われて傷ついたのに、私は無自覚に価値観を押しつけていた。

怜南たちに対してもそういうことがあったのかもしれない。恋をするのが当たり前だという価値観を押しつけられている気になっていたけれど、私も価値観を押しつけてしまったり、無神経な発言をしてしまっていたのかもしれない。実際に、怜南はあの日、無自覚なところが質が悪いと言っていた。

6 未来

どちらにしろ、ちゃんと話さなければずっとわからないのだ。

いや、話す前にちゃんと言わなければいけない。

——どんな理由があろうと、人に刃物を向けるなんて、絶対にしてはいけないことなの。

どっちが悪いかじゃない。

私が過ちを犯したことは紛れもない事実なのだ。

私が一番謝らなければいけないのは、怜南だ。


朔と駅で待ち合わせをする予定だったのに、結局ドタキャンしてしまった。私がやっと家を出られたのはお昼前だったのだ。

昨日は一睡もできなかったし、どうしてもベッドから起き上がれなかった。言い訳ができないくらい、強がることなんてできないくらい、恐怖に支配されていた。

なかなか部屋から出てこない私を心配して、お母さんが様子を見にきてくれた。一昨日と同じように、無理しなくていいと言ってくれた。私は、どうしても今日行かなきゃいけないと答えた。

道中、何度も何度も引き返したくなった。

学校が近づくにつれて、動悸が激しくなっていった。

そのたびに、朔がくれた言葉を、亜実ちゃんの笑顔を、お母さんのぬくもりを思い出して、まるで枷でもついているみたいに重い足を必死に前へ動かした。

やっとの思いで正門にたどり着いたとき、

「朔？」

昇降口から走ってきたのは朔だった。

目の前まで来た朔は、膝に手をついて肩を上下させている。

「なんで私が来たことわかったの？　連絡してないのに」

「茉優は絶対に来る気がしたから、ずっと窓の外見てた。教室で待ってようかと思ったんだけど、なんか落ち着かなくて。あと……どうしても、茉優と一緒に教室に入りたいなって思ったから」

顔を上げた朔の額やこめかみには汗が滲んでいた。教室からずっと走ってきてくれたのだろう。

6 未来

「ありがとう、朔」

「うん。……行こう、茉優」

ぎこちなく微笑み合って、足を踏み出した。

無言のまま昇降口を抜け、廊下を歩き、階段を上る。教室を前にした瞬間、さっきとは比べものにならないほど、まるで警鐘(けいしょう)みたいに動悸が激しくなっていった。

震える手を、教室のドアに添える。

ただ歩いただけなのに、尋常じゃないほど息が上がっていた。

朔は私が過呼吸を起こしてしまった日のように、優しい声音で言った。

「茉優、大丈夫だから。ゆっくり息吐いて」

頷いて、ゆっくり、深く、息を吐く。

朔と顔を見合わせて、固唾を呑んで、ドアを開けた。

まず視界に映ったのは、まるで死人でも見たかのようなクラスメイトたちの顔。

その中にはもちろん怜南たちの視線も混じっている。ややあって、喧騒に包まれていた昼休みの教室が静まり返る。私が幽霊になったあの日みたいだった。

ぎゅっと握りしめた手のひらは、汗でぐっしょりと濡れていた。

前だけを見据えて、半歩ずつ足を交互に出していく。

「もうとっくにやめたと思ってた。つーかどの面(つら)下げて学校来てんだよ」

「普通来れなくね？　まじで神経疑うんだけど」

ミカちゃんとナナミちゃんが、口元に冷笑を浮かべた。ふたりの間にいる怜南は、どこかばつが悪そうな顔をしていた。

三人の視線を浴びた私は、反射的に体が強張った。それを察したかのように、朔が私の背中に手を添えた。大丈夫だよ、とまた言ってくれた気がした。

怯んでいる場合じゃない。

私は、やらなければいけないことがある。

「怜南」

足を動かすことはできなかった。一歩でも動いたらバランスを崩して倒れてしまいそうなほど震えていた。だから、目だけを怜南に向けた。

「カッターを向けたりして……ごめん」

怜南はばつが悪そうな顔をしたまま、横目で私を見た。

6 未来

「本当に……ごめんなさい」

怜南に向けて、深く頭を下げる。だけど怜南からの返事はなく、私の頭上に降ってきたのはミカちゃんの乾いた笑いだった。

「うん、てか、あのさ。謝って済む問題じゃなくない？　殺人未遂だよ？　まじでやばいからね。うちらのこと散々馬鹿にしてたくせに、ちょっとこっちが怒ったくらいで殺そうとするとかありえないから。頭おかしいって」

馬鹿にしていた、の部分が引っかかって頭を上げた。ミカちゃんとナナミちゃんは眉根を寄せて私を睨みつけている。

「馬鹿にしてたって……どういうこと？」

「とぼけんなよ。うちらが彼氏のことで悩んでるとき、くだらないみたいな顔して見てたじゃん」

「適当に相槌打つだけで、自分はそんなの興味ありませんって顔してさあ。馬鹿にされてること、うちらが気づいてなかったとでも思ってんの？」

予想だにしていなかった言葉に、唖然とすることしかできない。

まさかそんな風に受け取られていると思わなかった。

「馬鹿にしてなんかない。ただ……私は彼氏いないし、みんなの気持ちがわからなくて、話に入れなかっただけだよ」

「は？　してたじゃん。あたしが彼氏と別れて落ち込んでたときだって、インスタ見ない方がいいとかミカちゃんならまたすぐに彼氏できるよーとかへらへらしながら言ってさ。あたしがチャラいって言いたかったんでしょ？」

「誤解させる言い方しちゃったならごめん。だけど私は、ミカちゃんに元気になってほしくて……」

「そういうとこも腹立つんだよ！　なにいい子ぶってんの？　三宅みたいな陰キャに声かけたり、うちらがちょっと愚痴っただけで悪口はやめなよーとか偉そうに言ってきたりさあ！　善人ぶってんじゃねえよ！」

「おまえらまだそんなこと言ってんのかよ⁉」

朔が声を張り上げた。

「茉優はおまえらみたいに外見とかノリとかがちょっと違うだけで分類したりしねえんだよ！」

「あんたこないだからなんなの⁉　いちいち喧嘩売ってくんじゃねえよ！」

6

未来

「まさかあんたらつき合ってんの？　自分にあんな大怪我させた奴とつき合える？　普通に引くんだけど」

　こないだ、と聞いて、顔の怪我はやはり私が原因だったのだと確信した。

　私がいないところでも、朔は私を庇ってくれていたのだ。

「つーか茉優さ、言い訳すんなよ！　自覚ないわけないよね？　あんただってうちらの顔切れてたり変な顔してる写真ばっかインスタに載せたりしてたじゃん。散々いい子ぶっといて裏で陰湿なことするとかまじで人間性疑うんだけど」

　インスタ、という単語が引っかかり、頭の片隅にあった記憶が甦った。

　——昨日のインスタってわざと？

　質問の意図を知った瞬間、ふつふつと怒りが湧いた。

「そんな……ことで？」

　口を衝いて出た台詞は、この状況で最悪だった。

　それでも訂正はしなかった。

　いよいよ顔を真っ赤に染め上げたふたりが、目を吊り上げて立ち上がり、私との距離を詰めた。

「はあ⁉　そんなことってなんだよ！　そういう態度がむかつくっつってんだよ！　なんでわかんないの⁉」

「わかんないよ！　急にハブかれて無視されて、わかるわけない！」

――普通、友達が怒ってたら理由訊くよね？　なんでなにも言わないの？

――普通に友達と彼氏は違うじゃん。

――普通それくらいわかるでしょ⁉

知るかそんなの。

〝普通〟ってなに？

理解も納得もできない言動に、自分の心を殺してでも友達を見捨ててでも黙って賛同するのが正解だというのか。むかついた相手を無視し続けることが、集団で嫌がらせを繰り返すことが普通だというのか。

「私も嫌な思いさせちゃったのかもしれない。傷つけちゃったのかもしれない。だけど……だったら最初からそう言えばよかったんだよ！　私にむかついたなら、そのときに言えばよかった！　そしたら謝ったし、直す努力だってした！　それでもだめなら離れた！　それで終わりでよかったじゃん！」

6

未来

私に非がなかったわけじゃない。たとえ無自覚だったとしても、すべてが無効になるわけじゃない。だったら、もう一度謝るべきかもしれない。そうすればほんの少しは状況が改善されるのかもしれない。

わかっているのに、できなかった。そうしたくなかった。

「私は、あそこまでされるようなこと……死ねとまで言われるようなことしてない！」

教室は静まり返っていた。

正面に立っているミカちゃんとナナミちゃんは、目を見開いて、さっきの私のように唖然としている。

静寂を破ったのは、予鈴と同時に教室に戻ってきた宗像くんの、ちょっと場違いな声だった。

「え、なにこの空気。茉優いるし。なんか知んねえけどやばくね？」

誰ひとり返事をせず、宗像くんはあっけらかんとしながら教室を見渡す。

「てかなんで怜南泣いてんの？」

全員の視線が怜南に向く。

ずっと俯いたままの怜南の顔は見えない。だけど、小刻みに肩が震えている。洟をすする音がかすかに聞こえる。顔を覆っている髪の隙間から、雫が落ちるのが見えた。

ミカちゃんとナナミちゃんが怜南に寄り添い、肩を抱いた。

「そりゃ泣きたくもなるって。なんでうちらが悪者みたいになってんの？　今聞いてたよね？　喧嘩売ってきたのは茉優なの。うちらはずっと馬鹿にされた挙げ句、怜南なんて殺されかけたんだよ。百パーセント被害者だよね？」

クラスメイトからの返事はない。

恐る恐る首を巡らせれば、クラスメイトの冷たい視線が私たち――いや、私の勘違いでなければ彼女たちに向いていた。今にも破裂しそうなくらい空気が張り詰めているのを肌で感じた。

ミカちゃんとナナミちゃんが、教室を見渡して舌打ちをした。

「まじで意味わかんないんだけど。つーかさあ、担任に変なこと吹き込んだの誰？　担任しつこいんだけど。さっさと勘違いでしたーって撤回してくれなきゃまじでキレそう。いい加減名乗り出ろって。陰でこそこそ動いてんじゃねえよ。

6

未来

卑怯なんだよ」

「おまえらのせいでうちらが疑われてんだよ。ふざけんなよ！　被害者はこっちだっつってんのに！　なにも知らないくせにでしゃばってんじゃねえよ！」

――担任がクラス全員に話聞いて回ってるんだよ。その……いじめがあったんじゃないか、って。ホームルームでも、何回もいじめについて話してる。

――クラスの誰かが担任に言ったんだと思う。

朔の話を思い出し、もう一度首を巡らせた。

ただ私たちをじっと見ている人、目が合った途端に逸らす人、俯いている人。

私に微笑みかけてくれる人も、声を発してくれる人もいない。

だけどこの中に、なにかを変えようとしてくれた人が、確かにいるんだ。

「私だよ」

その声はか細く、そしてひどく震えていた。

みんなは声の主を探す。

誰かが見つけるより先に、さっきよりも強い声が響いた。

「先生に言ったのは、私だよ」

教室の隅にみんなの視線が集中する。

三宅さんは涙を流しながら、真っ直ぐに私を見ていた。

いつも俯いている彼女とこうして目が合うのは初めてだった。

「私、ずっと気づいてた。稲田さんたちが楠木さんのことハブいてるのも、楠木さんの机や鞄に悪戯してるのも。なにか盗んでるところも……一回だけ、見かけちゃった。でも、私、怖くて。自分が標的になるのが、どうしても、怖くて……なにもできなかった」

教室にいる全員が、三宅さんを見ていた。

「風早くんの言ってた通りだよ。……私も、いじめの加害者だった。みんなだってそうでしょ？　楠木さんがいじめられてたこと、みんなだって気づいてたでしょ？　怖いから、関わりたくないから、面倒だから傍観してただけでしょ？」

次第に、誰かのすすり泣く声が聞こえてきた。

三宅さんの近くに立っている女の子がふたり、涙を流していた。

彼女たちを、必死にクラスメイトに訴えかける三宅さんを、そして泣き続ける怜南を見て、私も涙がこぼれた。

6

未来

「でも、もう嫌だよこんなの。自分のクラスでいじめがあるなんて嫌だ。見て見ぬふりばっかりしてる自分も、もう嫌だ。やめようよこんなの」

全員が黙りこくっている状況は変わらないのに、張り詰めていた空気が緩んでいくのを感じた。

三宅さんは涙を拭い、再び私に体を向けた。

「楠木さんは覚えてないかもしれないけど、一年生のとき、一回だけ話しかけてくれたことあったよね。なんの漫画読んでるの、って。あのとき、びっくりしちゃって、そっけない態度取っちゃったけど……私、本当は嬉しかった。すごく、嬉しかった」

答えられずにいる私に、三宅さんは深々と頭を下げた。

「本当に……ごめんなさい」

止まらない涙の理由は、自分でもよくわからなかった。

ミカちゃんとナナミちゃんの言葉に傷ついたのか、あるいは怒っているのか、みんな気づいていたのに傍観されていたことがショックだったのか、三宅さんの気持ちが嬉しかったのか。

なにもわからないまま、涙を流し続けた。

「おまえらなに騒いで……楠木!? おまえ学校来るなら連絡——な、なんだこの空気」

静寂を破ったのは、今度は担任だった。さっきの宗像くんみたいに、ぽかんとしながら教室を見渡す。

ふいに時計を見れば、昼休みは残り一分だった。

今日はもう、教室にいられる自信がない。すべてを吐き出したせいで、なんの気力も残っていなかった。

お母さんに連絡して迎えにきてもらおうか悩んでいると、

「行こう、茉優」

朔は自席から鞄を取ると、私に向けて手を伸ばした。

手のひらには、未だくっきりと傷痕が残っていた。

私を救ってくれたその手に、私がつけた傷が。

手を重ねる。朔はにっと微笑んで、地面を蹴った。

6 未来

手を繋いだまま、無我夢中で走り続けた。

おそらく目的地はない。ただただ走った。

学校と私の家の中間くらいにある川沿いで足を止めた朔が、両膝に手をついて肩で息をする。もちろん私もだ。

「今どんな気持ち？」

朔が言った。

様々な感情が渦巻(うずま)いたままだけれど、一番強く浮かんでいる気持ちを口にする。

「……怖い。すごく」

「はは、一緒だ。俺も怖い」

「でも、大丈夫。私は、ひとりじゃないから」

お母さんは私を見捨てたわけじゃなかった。

亜実ちゃんは笑って私を受け入れてくれた。

敦志さんは怜南たちが店に来たとき私を匿(かくま)ってくれた。

朔は私を信じてそばにいてくれた。

担任は私のために動いてくれた。

三宅さんは、一度しか話したことがない私のために立ち上がってくれた。

この世界は、私が思っていたよりずっと優しかった。

「今日はこのままサボっちゃおうか」

「なにするの？」

「んー。ただ話をする」

「話って？」

「今までのこととか、今の気持ちとか、これからのこととか、思いつく限り」

これから——か。

まだ震えている足を動かして、河原に座った。

朔も隣に座り、川を見つめる。

「学校は……正直、まだわからない」

「うん」

「怜南とは結局話せなかったし、ミカちゃんとナナミちゃんにはあんな風に言い返したりして、結局喧嘩になっちゃったし……せっかく謝ったのに、全部台なしにしちゃった。明日からのこと考えたらすごく怖いから、正直、あんまり考えたくなくて。……だけど、明日も学校に行ってみる」

　また夜は眠れないかもしれない。朝になっても、またベッドから起き上がれないかもしれない。

　だけど、どれだけ時間がかかっても、また自分の足で歩きたい。

　今日踏み出した小さな小さな一歩を、無駄にしたくない。

「無理してない？」

「すんっごいしてる」

　冗談めかして笑うと、朔は眉を下げた。

「だけど、もうちょっとだけ頑張りたいなっていう気持ちも嘘じゃないの」

「そっか」

「三宅さんにも、ありがとうって言いそびれちゃったし」

「うん」

「それに、朔がいるし」

「へっ？」

　なぜか朔の顔が真っ赤に染まる。

「ああ、いや、うん、俺は絶対に味方だから。安心して、うん」

「ありがとう。どうしても無理だったら……逃げてもいいんだよね」

朔は真っ赤な顔のまま、柔らかく微笑んだ。

その笑顔は、やっぱり敦志さんとそっくりだった。

「あ、そういえば」

余裕がなくて忘れていたけれど、朔に会ったら言おうと思っていたことを思い出した。

「あのね、なんかで見たんだけど、一緒にいると似てくるっていうでしょ？　それってちゃんと理由があるんだって」

「え？　なに？」

「一緒にいると、細かい仕草だったり雰囲気だったり、あと笑い方とか表情の作り方とかが似てくるの。朔と敦志さんはそれだけ一緒に過ごして、一緒に笑ってきたんだよ。そんなの、間違いなく家族だよ」

きょとんとしていた朔は、おかしそうに、そして嬉しそうに笑った。

「茉優は、やっぱり俺のヒーローだよ」

そんなことないのに。朔に救われたのは私の方だ。

だけど、朔の気持ちが素直に嬉しかった。

「あと、メッセージの返事してもいい？」

連絡先を交換した日に朔が送ってくれていたメッセージへの返事が未だにできていなかった。

ふぇ、と不思議な声を漏らした朔の顔がさらに、噴火でもするんじゃないかと心配になってしまうほど赤くなる。

『いつかまた、茉優が思いっきり笑った顔が見たいです』

朔から来ていたメッセージは、その一行だけだ。恥ずかしがるような内容ではないのに。

「正直ね、まだ全然、気持ちが整理できてなくて。笑い方を思い出せないっていうか、笑ってるつもりでも、自分の顔が引きつってるの、なんとなくわかるんだ。だから、まだまだうまく笑えないかもしれないけど。でもね、私——」

朔が言っていた、小学生の頃みたいな笑顔を取り戻すにはまだまだ時間がかかるかもしれない。

けれど、

「朔がいてくれて、よかった」

今できる精いっぱいの笑顔を朔に向けた。

エピローグ

茉優と別れて家に帰ると、あっちゃんがいつも通り笑顔で迎えてくれた。

「おかえり。学校どうだった？」

「え？　べつに普通だったけど」

「そのわりににやついてるし顔赤いけど」

隠しきれないことが悔しい。にやつくのも顔が赤いのも当然だ。

――朔がいてくれて、よかった。

とびきりの笑顔でそんなことを言われて、平静でいられるはずがないのだ。思い出したらまたにやにやしてしまう。

本当は、最初に打ったメッセージにはもうひと言添えていた。

『茉優のことが好きです。いつかまた、茉優が思いっきり笑った顔が見たいです』

前半は、送信する直前に削除した。

この店で会うようになって、ふたりでいろんなことを話してきた。俺たちはまだ始まったばかりだ。気持ちを伝えるのはゆっくりでいいだろう。いくら伝えたいことは伝えなければいけないとわかっていても、タイミングというものがあるし、……どうしても勇気が出ないことだってある。

「一応言っとくけど、おまえが学校抜け出したって連絡あったからな」

余裕でばれていた。知ってるなら、学校どうだった？なんて白々しく訊いてくるな。

「ご……ごめん。ちょっと、いろいろあって」

「べつにいいけど、おまえもすっかり問題児だな」

「……ごめん」

「いいって、学校サボるくらい。学生時代しかできないことだし、それもまた青春」

やっぱりあっちゃんはなにも言わない。

いつだってそうだった。俺を迎え入れてくれたときも。

若くして血が繋がってすらいない子供を養子にするなんて、俺の想像を絶するほどの困難があったに違いない。だけど、それについてあっちゃんの口から一度も語られたことはなかった。

「ずっと訊きたかったんだけど。あっちゃんはなんで……俺のこと引き取ってくれたの？」

コーヒーを淹れていたあっちゃんの手が止まる。

しばらく天井を見上げてから首をひねった。

「正直、自分でもよくわかんないんだよ。気づいたらそう言ってたっていうか。いや、もちろん軽い気持ちで言ったわけじゃないけど。……おまえと話してたとき、なんか、聞こえた気がしたんだよな」

「え？　なんて？」

「助けて、って」

声にならない叫びが、届いていた。

真っ暗闇の中で、見つけてくれた人がいた。

幼い俺を覆っていた闇が、ゆっくりと晴れていく。

「……うん。言ってた」

「そっか。勘違いじゃなくてよかった」

あっちゃんは目を細めて、ほっとしたように微笑んだ。

ずっと、怖かった。

いつかあっちゃんが結婚して子供が産まれたら、俺は必要なくなるんじゃないかと心のどこかで思っていた。だから、いつかあっちゃんが俺から離れていく覚悟をしようとしていたのかもしれない。

——全然似てない。

何度も言われてきた言葉に何度も傷ついたのは、血が繋がっていないことを誰よりも気にしていたのが俺自身だったからだ。

——朔と敦志さんはそれだけ一緒に過ごして、一緒に笑ってきたんだよ。そんなの、間違いなく家族だよ。

血の繋がりなんて関係ない、とまでは言えない。だけど、あっちゃんがそんな人じゃないことくらい、もうとっくに、他の誰でもない俺が一番よくわかっているはずなのに。俺たちはずっと、家族だったのに。

——俺んとこ来るか？

七年前に手を差し伸べてくれた瞬間から、ずっと。

「あっちゃん」

背筋を伸ばして、あっちゃんに体を向けた。

「今までずっと、血が繋がってもいない俺のこと育ててくれてありがとう」

「は？　まさかおまえ、ここ出てく気か？」

「違うよ」

「じゃあなんだよ急に」

「今言わなきゃなって思った。いつか絶対に、恩返しするから」

あっちゃんはめちゃくちゃ訝っていた。当然だろう。いつもくだらない話ばかりで、こうして真剣に向き合ったことはほとんどない。

「いいよそんなの。言ったろ、おまえが生きててくれるだけで十分だって」

「でも……俺になにかできることないかな」

「じゃあ、二十歳になったら一緒に酒でも飲もう」

あっちゃんはどこまでもあっちゃんだ。きっと今後も俺になにかを要求してくることはない。

だったら、やはり自分から言わなければいけない。

「ふたつ、お願いがあるんだけど」

「ん？」

「卒業したら、本格的にこの店を手伝いたい。それでいつか、この店継いでもいい？」

緊張のあまり語尾が震えた。

あっちゃんは珍しく目に見えて驚いている。

「おまえ……いいよべつに、気遣わなくて。ただの趣味だって何度も言ってるだろ。おまえはおまえの好きなように……」

「違うよ。俺がこの店を継がせてもらいたいんだ」

「そっか。わかった。助かるよ。けど、もし他にやりたいこと見つけたら遠慮せずに言えよ」

「うん。ありがとう」

心なしかあっちゃんが嬉しそうに見えたのは、俺の気のせいじゃないだろう。もしかすると、あっちゃんも俺と同じように悩んできたのかもしれない。それはきっと、俺があと一歩のところで踏みとどまっていたからだ。

今まで故意に空けていた距離を、これから少しずつ埋めていけるだろうか。

願いを込めて、止めていた足を踏み出した。

「もうひとつは……すごい今さらなんだけどさ」

「もったいぶんなよ」

「父さんって、呼んでもいい？」

話しながらも忙しなく動いていたあっちゃんの手が止まる。

くるりと反転して俺に背中を向けた。

「なんか急に老(ふ)けた気がするな」

「もういい歳でしょ」

「馬鹿言うな。男は三十からが本番なんだよ」

あっちゃんは涙声だった。かくいう俺も、めちゃくちゃ必死に涙を堪えていた。

体を反転させて、天井を見上げた。

「そうだね。めちゃくちゃかっこいい、自慢の父さんだよ」

俺たちはお互いに背中を向けながら、涙を流し続けた。

END

小桜菜々先生への
ファンレター宛先

〒104-0031 東京都中央区京橋1-3-1
八重洲口大栄ビル7F
スターツ出版（株） 書籍編集部気付
小桜菜々先生

君がいたから、
壊れた世界が輝いた

2023年11月25日　初版第1刷発行

著　者　小桜菜々　©Nana Kozakura 2023

発行者　菊地修一

発行所　スターツ出版株式会社
〒104-0031
東京都中央区京橋1-3-1　八重洲口大栄ビル7F
出版マーケティンググループ
TEL 03-6202-0386（注文に関するお問い合わせ）
https://starts-pub.jp

印刷所　株式会社　光邦

DTP　株式会社　光邦

Printed in Japan
ISBN　978-4-8137-9284-0　C0095

※定価はカバーに記載されています。
※対象年齢：中学生から大人まで

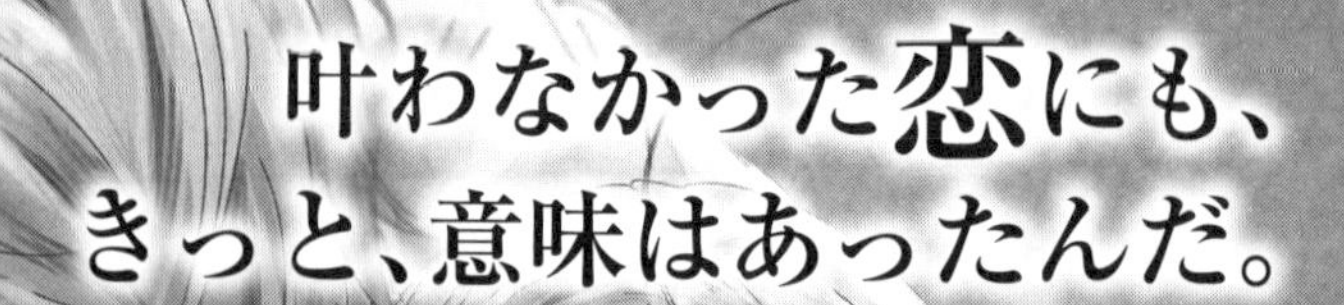

またね。

matane

mou aenakutemo, kimitono koiwo wasurenai

もう会えなくても、
君との恋を忘れない

なあ／著

定価：1320円（本体1200円＋税10%）

中３の菜摘は、友達に誘われて行った高校の体験入学で先輩の大輔に一目惚れ。その高校に行くことを決意する。いつしかふたりは仲よくなり、“またね”はふたりの合言葉になった。ずっと一緒にいられると思っていた菜摘だけど、大輔に彼女ができて――。切ない恋の実話に涙が止まらない！

ISBN：978-4-8137-9016-7

スターツ出版人気の単行本！

『記憶喪失の君と、君だけを忘れてしまった僕。』

小鳥居ほたる・著

夢を見失いかけていた大学３年の春、僕の前に華怜という少女が現れた。彼女は、自分の名前以外の記憶をすべて失っていた。記憶が戻るまでの間だけ自身の部屋へ住まわせることにするも、次第に２人は惹かれあっていき…。しかし彼女が失った記憶には、２人の関係を引き裂く、衝撃の真実が隠されていて──。

ISBN978-4-8137-9261-1　定価：1540円（本体1400円+税10%）

『花火みたいな恋だった』

小桜菜々・著

けっこう大恋愛だと思ってた。幸せでいっぱいの恋になると信じてた。なのに、いつからこうなっちゃったんだろう──。浮気性の彼氏と別れられない夏帆、自己肯定できず恋に依存する美波、いつも好きな人の二番目のオンナになってしまう萌。夢中で恋にもがき、幸せを探す全ての女子に贈る、共感必至の恋愛短編集。

ISBN978-4-8137-9256-7　定価：1485円（本体1350円+税10%）

『息ができない夜に、君だけがいた。』

丸井とまと・著

平凡な高校生・花澄は、演劇部で舞台に出ている姿を同級生に笑われたショックで、学校で声を出せない「場面緘黙症」になってしまう。そんな花澄を救い出してくれたのは、無愛想で意志が強く、自分と正反対の蛍だった。「自分を笑う奴の声を聞く必要ねぇよ」彼の言葉は、本音を見失っていた花澄の心を震わせて…。

ISBN978-4-8137-9255-0　定価：1430円（本体1300円+税10%）

『神様がくれた、100日間の優しい奇跡』

望月くらげ・著

クラスメイトの隼都に突然余命わずかだと告げられた学級委員の萌々果。家に居場所のない萌々果は「死んでもいい」と思っていた。でも、謎めいた彼からの課題をこなすうちに、少しずつ「生きたい」と願うようになる。だが無常にも３カ月後のその日が訪れて──。

ISBN978-4-8137-9249-9　定価：1485円（本体1350円+税10%）

書店店頭にご希望の本がない場合は、書店にてご注文いただけます。

スターツ出版人気の単行本！

『僕は花の色を知らないけれど、君の色は知っている』

ユニモン・著

高校に入ってすぐ、友達関係に“失敗”した彩葉。もうすべてが終わりだ…そう思ったとき、同級生の天宮くんに出会う。彼は女子から注目されているけど、少し変わっている。マイペースな彼に影響され、だんだん自由になっていく彩葉。しかし彼は、秘密と悲しみを抱えていた。ひとりぼっちなふたりの、希望の物語。

ISBN978-4-8137-9248-2　定価：1430円（本体1300円+税10%）

『あの花が咲く丘で、君とまた出会えたら。』

汐見夏衛（しおみなつえ）・著

母親とケンカして家を飛び出した中2の百合。目をさますとそこは70年前、戦時中の日本だった。偶然通りかかった彰に助けられ、彼と過ごす日々の中、誠実さと優しさに惹かれていく。しかし彼は特攻隊員で、命を懸けて戦地に飛び立つ運命だった―。映画化決定！大ヒット作が単行本になって登場。限定番外編も収録！

ISBN978-4-8137-9247-5　定価：1540円（本体1400円+税10%）

『きみとこの世界をぬけだして』

雨（あめ）・著

皆が求める“普通”の「私」でいなきゃいけない。どうせ変われないって、私は私を諦めていた。「海いかない？」そんな息苦しい日々から連れ出してくれたのは、成績優秀で、爽やかで、皆から好かれていたくせに、失踪した「らしい」と学校に来なくなった君だった――。

ISBN978-4-8137-9239-0　定価：1485円（本体1350円+税10%）

『すべての恋が終わるとしても　140字のさよならの話』

冬野夜空（ふゆのよぞら）・著

さよなら。でも、この人を好きになってよかった。――140字で綴られる、出会いと別れ、そして再会の物語。共感＆感動の声、続々!!　『サクサク読めるので、読書が苦手な人にもオススメ』（みけにゃ子さん）『涙腺に刺激強め。切なさに共感しまくりでした』（エゴイスさん）

ISBN978-4-8137-9230-7　定価：1485円（本体1350円+税10%）

書店店頭にご希望の本がない場合は、書店にてご注文いただけます。

スターツ出版人気の単行本！

『それでもあの日、ふたりの恋は永遠だと思ってた』

スターツ出版・編

――好きなひとに愛されるなんて、奇跡だ。５分で共感＆涙！男女二視点で描く、切ない恋の結末。楽曲コラボコンテスト発の超短編集。【全12作品著者】櫻いいよ／小桜菜々／永良サチ／雨／Sytry／紀本 明／冨山亜里紗／橘 七都／金犀／月ヶ瀬 杏／蛩気羊／梶ゆいな

ISBN978-4-8137-9222-2　定価：1485円（本体1350円+税10%）

『君が、この優しい夢から覚めても』

夜野（よるの）せせり・著

高１の美波はある時から、突然眠りに落ちる“発作”が起きるようになる。しかも夢の中に、一匹狼の同級生・葉月くんが現れるように。彼の隣で過ごすなかで、美波は現実での息苦しさから解放され、ありのままの自分で友達と向き合おうと決めて…。一歩踏み出す勇気をもらえる、共感と感動の物語。

ISBN978-4-8137-9218-5　定価：1485円（本体1350円+税10%）

『誰かのための物語』

涼木玄樹（すずきげんき）・著

「私の絵本に、絵を描いてくれない？」立樹のパッとしない日々は、転校生・華乃からの提案で一変する。華乃が文章を書いて、立樹が絵を描く。そして驚くことに、華乃が紡ぐ物語の冴えない主人公はまるで自分のようだった。しかし、物語の中で成長していく主人公を見て、立樹もまた変わっていく――。

ISBN978-4-8137-9212-3　定価：1430円（本体1300円+税10%）

『大嫌いな世界にさよならを』

音（おと）はつき・著

高校生の絃は、数年前から突然、他人の頭上のマークから「消えたい」という願いがわかるようになる。マークのせいで人との関わりに消極的な絃だったけれど、マークが全く見えない佳乃に出会い彼女と過ごすうち、絃の気持ちも変化していって…。生きることにまっすぐなふたりが紡ぐ、感動の物語。

ISBN978-4-8137-9211-6　定価：1430円（本体1300円+税10%）

書店店頭にご希望の本がない場合は、書店にてご注文いただけます。

スターツ出版人気の単行本！

『星空は100年後』

櫻（さくら）いいよ・著

美輝の父親が突然亡くなり、寄り添ってくれた幼馴染の雅人と賢。高１になり雅人に“町田さん”という彼女ができ、三人の関係が変化する。そんなとき、町田さんが突然昏睡状態に。何もできずに苦しむ美輝に「泣いとけ」と賢が寄り添ってくれて…。美輝は笑って泣ける場所を見つけ、一歩踏み出す――。

ISBN978-4-8137-9203-1　定価：1485円（本体1350円＋税10％）

『きみと真夜中をぬけて』

雨（あめ）・著

人間関係が上手くいかず不登校になった蘭は、真夜中の公園に行くのが日課だ。そこで、蘭は同い年の綺に突然声を掛けられる。「話をしに来たんだ。とりあえず、俺と友達になる？」始めは鬱陶しく思っていた蘭だけど、日を重ねるにつれて２人は仲を深めていき――。勇気が貰える青春小説。

ISBN978-4-8137-9197-3　定価：1485円（本体1350円＋税10％）

『降りやまない雪は、君の心に似ている。』

永良（ながら）サチ・著

高校の冬休み、小枝はクールな雰囲気の俚斗と出会う。彼は氷霰症候群という珍しい病を患い、深い孤独を抱えていた。彼と過ごすうちに、小枝はわだかまりのあった家族と向き合う勇気をもらう。けれど、彼の命の期限が迫っていることを知って――。雪のように儚く美しい、奇跡のような恋物語。

ISBN978-4-8137-9189-8　定価：1430円（本体1300円＋税10％）

『満月の夜に君を見つける』

冬野夜空（ふゆのよぞら）・著

家族を失い、人と関わらず生きる僕はモノクロの絵ばかりを描く日々。そこへ儚げな雰囲気を纏った少女・月が現れる。次第に惹かれていくが、彼女は“幸せになればなるほど死に近づく”という運命を背負っていた。「君を失いたくない――」満月の夜の切なすぎるラストに、心打たれる感動作！

ISBN978-4-8137-9190-4　定価：1540円（本体1400円＋税10％）

書店店頭にご希望の本がない場合は、書店にてご注文いただけます。